Udo Marquardt

Die Schwarzwaldfalle

Sternwald Verlag

Die Deutsche Bibliothek – CIP-Einheitsaufnahme
Schwarzwald-Krimi: DIE SCHWARZWALDFALLE
Freiburg: Sternwald-Verlag, 1998
ISBN 3-9808633-7-9
NE: Udo Marquardt

Sternwaldstraße 26
D-79102 Freiburg
Tel. (07 61) 3 14 14
Fax (07 61) 2 43 02
www.sternwaldverlag.de

1. Auflage 0 – 4.000: ISBN 3-9806539-1-9
2. Auflage 4.000 – 6.000: ISBN 3-9808633-7-9

Titelgestaltung: Boris Pfetzing, KonText
Satz: Boris Pfetzing, KonText
Herstellung: freiburger graphische betriebe • fgb

Sie sagen, man sieht dort nur Finstres
Weil Tannen vorm Lichte stehn:
Wir aber haben dort unten
Das Schauspiel der Welt gesehn.

(Bertolt Brecht, *Die schwarzen Wälder*)

1.

Als der Blitz einschlug, saß Wachtmeister Eduard Auerbach an der Theke des Engels in Muggenbrunn und trank seinen vierten Kirsch. Das Licht ging auf einen Schlag aus, das alte Röhrenradio brauchte ein paar Augenblicke. Aus der Katharinenstube waren aufgeregte Stimmen zu hören. Der Schwarzwälder Heimatabend für Touristen mußte eine Pause einlegen.

„Laßt datt Licht ruhich aus!" johlte jemand im breiten Kohlenpottdialekt. „Wir sind hier doch im schwatten Wald, woll."

Einige Frauen lachten schrill.

Brigitte Wassmer, die Wirtin des Engels, zündete eine Kerze an. Mit dem flackernden Licht in der Hand ging sie zur Katharinenstube und rief: „Wir haben gleich wieder Strom."

Langsam beruhigten sich die Gäste. Es wurde still im Gasthaus. In der Dunkelheit wagte es kaum jemand, ein Wort zu sagen. Ganz deutlich war das Prasseln des Regens zu hören. Ein paar Autos fuhren vorbei. Ihre Scheinwerfer warfen lange Lichtfinger in den Raum. Dann zuckte wieder ein Blitz auf. Fast gleichzeitig donnerte es.

„Steht direkt über uns, das Gewitter,“ sagte Auerbach in die Dunkelheit.

Im ersten Stock polterte es. Jemand schrie.

Brigitte Wassmer kam mit der Kerze zurück an die Theke. „Hoffentlich ist da nichts passiert.“

„Ich geh mal nachsehen, Brigitte.“ Eduard Auerbach stand auf. „Wenn ich schon mal da bin. Außerdem bin ich sowieso im Dienst.“

„Irgendwo muß eine Taschenlampe sein.“ Mit der Kerze in der Hand wühlte Brigitte Wassmer in einer Thekenschublade.

„Laß mal, ich hab ein Feuerzeug.“

Im ersten Stock lagen die Gästezimmer. Der lange Flur war stockfinster. Auerbach knipste sein Feuerzeug an. Er mußte die Augen zusammenkneifen, um etwas zu erkennen. Das Feuerzeug war keine große Hilfe. Die Brille lag wie üblich im Auto. Soweit er erkennen konnte, war der Flur leer.

„Hallo?“

Keine Antwort. Auerbach ging zum Ende des Ganges und klopfte an eine Tür. Nichts. Er drückte die Klinke. Die Tür war auf.

Auerbach sah sich um, so gut es ging. Er war noch nie in einem der Gästezimmer gewesen. Neben der Tür stand eine Couch mit zwei Sesseln und einem kleinen Tisch. An der Wand gegenüber ein kleiner Kühlschrank, auf dem ein Fernseher stand. Ein Schreibtisch und ein Doppelbett. Es sah nicht so aus, als sei das Zimmer bewohnt. Kein Koffer, keine Tasche, nichts. Alles tipptopp aufgeräumt. Das Bett war unbenutzt.

Unten mußte jemand die Eingangstür geöffnet haben. Die Autogeräusche von der Straße wurden etwas lauter. Ein leichter Windzug ging durchs Zimmer. Vor dem Fenster blähten sich die Gardinen. Auerbach hielt die hohle Hand um die Flamme seines Feuerzeugs und ging zum Fenster. Es war nur gekippt. Auerbach machte das Feuerzeug aus und das Fenster zu.

„Was tun Sie da?“ sagte jemand hinter ihm.

Auerbach drehte sich um und knipste sein Feuerzeug an. Der Mann stand in der Tür zum Badezimmer. In der Hand hielt er eine Pistole.

Auerbach ließ vor Schreck sein Feuerzeug fallen. Im Zimmer war es stockfinster. „Hören sie,“ in seinem Kopf drehte es sich, „ich bin von der Polizei, ich wollte nur sehen, ob alles in Ordnung ist.“

„Das kann im Dunkeln jeder sagen,“ blaffte der Typ in der Badezimmertür.

In Auerbachs Gehirn arbeitete es. Wie war das noch gewesen in der Polizeischule? Bedrohung durch Schußwaffe? Irgendwas von ruhig bleiben, hatte es geheißen. Das war fast vierzig Jahre her. Genau konnte er sich nicht erinnern. Damals waren die Zeiten ruhiger gewesen. Seitdem hatte sich viel verändert. Terroristen, Kidnapper, selbst im Schwarzwald wurden Menschen ermordet. Auerbach hatte seine Zweifel, ob Ruhe heute noch angebracht war.

„Ich bin wirklich von der Polizei,“ versuchte er es trotzdem, „aus Todtnau.“

Es blitzte, und für eine Sekunde wurde es hell im Zimmer. Scheiße, der Typ hielt tatsächlich eine Pistole in der Hand. Ganz lässig, sicher hatte er Übung mit dem Ding. Auerbach trat der Schweiß auf die Stirn. Als es donnerte, war es schon wieder dunkel.

Das war seine Chance. Auerbach hielt die Luft an und knöpfte sich die Uniformjacke auf. Langsam tastete er nach seiner Pistole. In vierzig Dienstjahren hatte er das Ding nur auf dem Schießstand benutzt. Und jetzt, keine zwanzig Monate vor seiner Pensionierung, wurde es zum ersten Mal ernst. Vorsichtig öffnete er das Halfter und zog die Waffe heraus. Er nahm sie in die rechte Hand und tastete mit der linken nach dem Sicherungshebel. Als er ihn umlegte, klickte es leise.
„Machen sie doch keine Dummheiten." Auerbach hatte Mühe, seine Stimme unter Kontrolle zu halten.
„Wieso, ich mach doch gar nichts."
Der Typ hatte Nerven.
Es blitzte wieder. Fast sofort donnerte es. Wie schwerer Steinschlag hallte es durch das enge Tal von Muggenbrunn. Auerbach lud durch. Das metallische Geräusch ging in dem Krach unter.
„Passen Sie auf, gleich geht das Licht an, und dann klärt sich alles auf."
„Das will ich hoffen."
Auerbach schlug das Herz bis zum Hals. In den ganzen Jahren seiner Polizeikarriere hatte er sich noch nie in einer solchen Situation befunden. Handtaschendiebstähle, Besoffene, geklaute Autos, Parken im Parkverbot, Touristen, deren Kinder verschwunden waren - damit hatte er sich herumzuschlagen. Als Höhepunkte seiner Karriere vielleicht noch die Polizeifeste und die eine oder andere Brandstiftung. Aber mit einer Pistole war er noch nie bedroht worden. Vor allem nicht bei Gewitter im Dunkeln.
Plötzlich blitzte es wieder. Auerbach kniff die Augen zusammen. Undeutlich, fast wie in Zeitlupe, sah er, daß der Typ in

der Badezimmertür die Hand mit der Waffe hochriß. Auerbach ließ sich fallen und feuerte zurück. Der Schuß ging im Donner unter. Sekunden später ging das elektrische Licht an. Auerbach lag auf dem Teppichboden vor dem Bett und atmete schwer. Die plötzliche Helligkeit tat den Augen fast weh. Mühsam rappelte er sich hoch, die Waffe im Anschlag. Der Typ lag auf dem gekachelten Boden des Badezimmers. Auf allen Vieren kroch Auerbach zu ihm hin.

„Sind Sie in Ordnung?"

Nichts. Er rüttelte an dem Mann. Dann sah er das kleine Loch zwischen den Augen. Ein dünnes Rinnsal Blut lief an der Nase entlang. In der Hand hielt der Mann einen Reisefön. Die Pistole!

Auerbach gaben die Knie nach. Er sackte neben den Toten und glotzte mit weit geöffneten Augen an die Decke. Scheiße, Scheiße, Scheiße, ging es ihm durch den Kopf. Das war das Ende seiner Karriere als Polizist von Todtnau. Keine zwei Jahre vor seiner Pensionierung hatte er einen Mann erschossen, der ihn angeblich bedroht hatte. Mit einem Reisefön! Wenn er an den Skandal dachte, wurde ihm flau. Die Untersuchung würde zu einer Hinrichtung werden:

Angeklagter, was haben Sie im Gasthof Engel gemacht?

Euer Ehren, ich war auf meiner üblichen abendlichen Runde.

Und da kehren Sie in dem ein oder anderen Lokal ein?

Es regnete.

Gut, ein deutscher Polizist flüchtet also vor dem Regen in ein Lokal. Und was haben sie dort gemacht?

Mich etwas aufgewärmt.

Mit vier Kirsch und zwei großen Ganter?

Ich hatte Durst, Euer Ehren.

Soso, Durst hatten Sie. Großen Durst, nehme ich an. Oder warum haben Sie vorher am Kiosk bei den Todtnauer Wasserfällen ebenfalls zwei Bier und zwei Underberg getrunken?
Euer Ehren, weil ...
Ich will Ihnen sagen, warum! Weil Sie, Herr Polizist, das jeden Abend tun, wenn Sie Ihre Runde machen. Von den anderen Lokalen will ich gar nicht reden. Zum Glück beginnen Sie Ihre Tour in Muggenbrunn. Und von dem Geburtstag Ihrer Frau Tochter will ich auch mal absehen. Ich kann mir kaum vorstellen, daß Sie trocken gefeiert haben. Nachdurst im Dienst hatten Sie, Wachtmeister Auerbach.
Nein! Nein! Nein! Das durfte auf keinen Fall passieren. Wenn das rauskam, wäre Eduard Auerbach, überall liebevoll Edi genannt, bis an sein Lebensende ruiniert. Ein Paria, ein Ausgestoßener, Treuloser, ein Dorfidiot, der nur noch eine Chance hatte: in die Stadt ziehen, nach Freiburg ins Altersheim wo ihn keiner kannte. Und was würde Hetti, seine Frau, sagen! Sie würde ihm das vorhalten, was sie ihm ohnehin schon sein ganzes Leben lang vorhielt. Daß er ein Trottel sei, der sich eines Tages noch das Gehirn wegsaufen würde. Daß er sich die Brille aufsetzten solle, wenigstens beim Auto fahren und im Dienst. Dabei sah er mit der Brille aus wie ein bekloppter Uhu, so kurzsichtig war er. Daß sie ihm die besten Jahre ihres Lebens geopfert hatte, die Kinder großgezogen, und das war kein Spaß, Eduard, du weißt ja wie Monika und Thomas sind. Jetzt noch Kevin, der Enkel, nach Monikas Scheidung. Und er, Edi Auerbach, säße mit Hetti, Monika und Kevin in dem winzigen Einzimmerapartement eines Freiburger Altenheims und müßte sich das bis an sein Lebensende anhören. Auf keinen Fall. So hatte er sich das nicht

vorgestellt. Da wäre es besser gewesen, der Typ neben ihm hätte ihn mit dem Reisefön erschossen.
Eduard Auerbach straffte sich. Er mußte nachdenken, kühlen Kopf bewahren. Der Mann war tot. Und er hatte ihn erschossen. Da biß keine Maus den Faden ab. Wie war das genau abgelaufen? Zuerst der Blitz. Soweit Edi sehen konnte, hatte der Typ die Waffe, also den Fön, hochgerissen. Daraufhin war er selbst zu Boden gegangen. Beim Donnern war sein Schuß gefallen. Mit etwas Glück hatte niemand etwas gehört. Bei dem Gewitter wäre das kein Wunder. Und bislang rührte sich nichts. Unten lief schon wieder das Radio. In der Katharinenstube wurde gesungen. Herzilein, du mußt nicht traurig sein.
Auerbach stand auf und klopfte sich die Hosen ab. Er sicherte die Waffe, steckte sie ins Halfter, knöpfte die Jacke zu. Gut, überlegte er, wenn die Geschichte raus kam, war er hundertprozentig geliefert. Bisher hatte niemand etwas gemerkt. Also konnte er den Hals noch aus der Schlinge ziehen. Die ganze Sache mußte einfach aus der Welt geschafft werden. Und das hieß, die Leiche mußte verschwinden. Und zwar schnell.
Er sah sich den Toten genauer an. Der Mann war vielleicht fünfzig Jahre alt, das Gesicht braungebrannt, die grauen Haare stoppelkurz. Ein sportlicher Typ in robuster Wanderkleidung. Nur die Schuhe fehlten. Die standen im Badezimmer neben einem Rucksack. Auerbach fand einige Kleidungsstücke, etwas Proviant, eine dicke Wanderkarte, Reservierungen, Geld und einen Ausweis. Harald Bornemann hieß der Mann, geboren 1946 in Stuttgart, wohnhaft in Pforzheim. Den Unterlagen und der Karte nach, war er auf dem

Westweg unterwegs, von Pforzheim nach Basel. Als Mitglied im Schwarzwaldverein kannte Auerbach sich aus. Wenn er alles richtig verstand, kam Bornemann aus Hinterzarten und wollte morgen bis nach Kandern. Über Feldberg, Belchen und den Blauen. Das war ein gutes Stück Weg, schweißtreibende Kletterei. Wie es aussah, war für den nächsten Abend ein Zimmer in der Weserei in Kandern bestellt.
Auerbachs Gesicht leuchtete. Das war's! Wer so weit laufen wollte, der mußte sich im ersten Morgenlicht auf den Weg machen. Mit etwas Glück fiel keinem im Engel auf, daß der einzelne Gast nicht zum Frühstück gekommen war. Die Wassmerin hatte ihm doch den ganzen Abend vorgejammert, sie hätte zwei Busladungen aus dem Ruhrgebiet im Haus. Da war sicher jede Menge los morgen früh. Bei all der Arbeit würde das Zimmermädchen sich kaum beschweren, daß es einen Raum weniger putzen mußte. Was wußte die schon von den Zimmerbelegungen? Kam sowieso aus Polen.
Auerbach steckte sich den Ausweis und das Geld des Toten ein. Bis auf die Schuhe stopfte er alles in den Rucksack. Rasierapparat, Deo, das ganze Zeug, den verfluchten Fön. Dann räumte er Bornemanns Hosentaschen aus: ein gebrauchtes Taschentuch, Schweizermesser, ein Schlüsselbund. Auch das kam in den Rucksack. Er verschnürte ihn sorgfältig und ging damit zum Fenster, öffnete es und warf den Rucksack hinaus. Es platschte.
„Scheiße," knurrte Auerbach. Der Sack war in den Langenbach hinterm Haus gefallen. Er würde sich nachher ordentlich Mühe geben müssen, ihn in der Dunkelheit zu finden.
Dann kam der schwerste Teil seines Plans. Er machte den Wandschrank auf und ging zurück zu der Leiche im Bade-

zimmer. Vorsichtig zog er den leblosen Körper an den Armen vor den Schrank. Jetzt lag der Tote mit dem Kopf zur Schranktür. Auerbach versuchte es mit dem Rauteckgriff. Fehlanzeige. Schließlich packte er Bornemann am Kopf und zerrte ihn so weit wie möglich in den Schrank. Dann nahm er die Füße des Toten, hob sie hoch und stopfte ihn ganz in den Schrank. Na also. Jetzt machte die Leiche Kopfstand. Auerbach war es egal. Er nahm an, auch Bornemann würde es nicht weiter stören. Nur noch eine Kleinigkeit fehlte, die Schuhe. Ein Toter ohne Schuhe, irgendwie konnte er sich das nicht vorstellen. Es dauerte einige Minuten, bis Auerbach dem Toten die schweren Mephisto-Schuhe richtig angezogen und zugeschnürt hatte. Erst dann machte er die Schranktür endgültig zu.
Neben dem Fernseher lag der Zimmerschlüssel. Er steckte ihn ein und sah sich noch einmal gründlich um. Alles war tadellos bis auf eine feine Blutspuren im Badezimmer, die er mit Klopapier wegwischte. Die Handtücher und das Bett nicht benutzt. Alles bereit für den nächsten Gast. Sollte der sich mit der Leiche herumschlagen. Bis man den Toten identifiziert hatte, konnte sich garantiert niemand mehr daran erinnern, daß er bei dem Gewitter hier herumgelaufen war. Und als Polizeiwachtmeister hatte er bei den Ermittlungen schließlich ein gewichtiges Wörtchen mitzureden. Das würde sich alles regeln lassen.
In der Katharinenstube wurde das Essen serviert. Auerbach setzte sich an die Theke und sah Brigitte Wassmer zu, die mit einem Tablett leerer Gläser zurückkam.
„Und?“ fragte sie.
Auerbach winkte ab.

„Wo hast denn gesteckt?“
„Ich hab gründlich nachgesehen. Alles in Ordnung.“ Auerbach machte ein harmloses Gesicht.
„Und hast nix gefunden, gell?“ Die Wassmer pflanzte einen Kirsch vor ihm auf die Theke.
Auerbach schüttelte den Kopf und nahm einen Schluck.
„Typisch.“
„Was soll das jetzt wieder heißen?“
Die Wirtin lachte: „Na, da hat man die Polizei im Haus, aber sie findet nichts.“
Langsam wurde es Edi ungemütlich. Er rutschte auf seinem Sitz herum:
„Jetzt sag schon, was ist los?“
„Na, da ist eine Frau im Dunkeln über den Tisch gefallen. Das war los.“
Auerbach nickte. „Und was ist daran typisch?“ wollte er wissen.
„Na, daß du nix siehst. Du solltest halt deine Brille aufsetzten.“
„Verdammt noch mal, ich bin doch nicht auch noch mit dir verheiratet.“ Auerbach stand auf und knallte einen Zwanzigmarkschein auf den Tresen. Auf dem Weg zur Tür deponierte er unbemerkt den Zimmerschlüssel an der Rezeption.
Draußen regnete es noch immer. Auerbach machte einen Spurt zum Wagen. Im Handschuhfach fand er seine Brille.
Langsam fuhr er ein paar Meter die Schauinslandstraße hoch. Dann bog er links ab, am Tennisplatz gleich wieder links. Ein paar Meter weiter führte eine schmale Stichstraße steil herunter zum Langenbach, der unterhalb des Engels floß.
Auerbach parkte seinen Wagen neben einer Bäckerei. Im

Kofferraum fand er eine Taschenlampe und eine Regenjacke. So ausgerüstet ging er zu der Brücke, die über den Bach führte. Er machte die Taschenlampe an und richtete ihren Strahl auf den Bachlauf. Es regnete erst seit ein paar Stunden, aber der ansonsten eher gemütliche Langenbach hatte sich in einen richtigen Gebirgsbach verwandelt. Von dem Rucksack keine Spur.

Vorsichtig stapfte er das steile Bachufer entlang zum Engel hoch und leuchtete das Ufer aus. Der Rucksack hing direkt unter dem Gasthof an einem Ast. Dort war das Ufer so steil, daß er kaum eine Chance hatte, an den Sack heranzukommen. Es half nichts, er mußte in den Bach. Auf dem Hosenboden rutschte er bis ans Wasser. Vorsichtig suchte er mit den Füßen nach Halt. Als er endlich im Bachlauf stand, waren seine Stiefel vollgelaufen, die Hose naß bis zu den Knien. Auerbach kämpfte sich vor, bis zu dem Ast, an dem der Rucksack hängengeblieben war. Er zog an einem Tragegurt, aber nichts passierte. Er versuchte es noch mal, diesmal mit Gewalt. Der Rucksack kam frei. Von dem Schwung fiel Auerbach ins Wasser.

Als er wieder vor seinem Dienstwagen stand, war er naß bis auf die Knochen. Zum Glück war im Kofferraum noch eine Decke, die er auf den Fahrersitz legte. Dann fuhr er ganz langsam nach Todtnau. Jetzt nur noch den Rucksack loswerden und auf die Wache. Dort hatte er im Spind eine trockene Uniform.

In Todtnau machte Auerbach beim Tengelmann am Busbahnhof Halt. Er warf den Rucksack in einen vollen Müllcontainer. Der würde morgen geleert. Wahrscheinlich würden sie den ganzen Müll verbrennen. Und dann waren alle

Spuren dieses Harald Bornemanns vernichtet. Nichtmal Fingerabdrücke gab es.
Fingerabdrücke? Auerbach wurde bleich. Die hatte er in der Aufregung im Hotelzimmer vergessen. Seine waren überall. Am Lichtschalter, am Schrank, am Fenster, im Badezimmer. Und im Schrank stand die Leiche. Das konnte noch heiter werden.

2.

Liebste Juliane!
Wer durch Schwaben reist, der sollte nie vergessen, auch ein wenig in den Schwarzwald hineinzuschauen; nicht der Bäume wegen, obgleich man nicht überall solch unermeßliche Menge herrlich aufgeschossener Tannen findet, sondern wegen der Leute, die sich von den anderen Menschen ringsumher merkwürdig unterscheiden.
Du siehst, ich habe Dein liebes Reisegeschenk nicht vergessen. Hauffs „Kaltes Herz" ist mir ein guter Begleiter seit der Abfahrt.
Es lief alles wunderbar. In der ersten Nacht habe ich Station gemacht in einem winzigen Örtchen namens St. Roman, liegt zwischen Wolfach und Schiltach. Ein paar Häuser, eine Telefonzelle, ein Kirchlein und ein Gasthaus, der Adler, in dem ich übernachtet habe. Die Wirtin trägt noch Tracht, ein bißchen modern, aber im Grunde fehlt nur der Bollenhut. Am Abend Wild gegessen, und dann die Nacht allein (dabei wäre ich so gern „wild" mit Dir gewesen). Vor lauter Sehnsucht konnte ich nicht schlafen, so sehr hast Du mir gefehlt. Immerhin Zeit, Hauff wieder zu lesen. Schade, daß der Text nicht im Curriculum steht. Ich würde ihn gern mit dem Abiturkurs lesen. Ich bin mir sicher, mein LK1 hätte Freude an der Geschichte, genau seine Wellenlänge. Der rücksichtslose Kampf um Macht und Reichtum versteinert den inneren Menschen. Wie wahr! Später habe ich noch etwas von Mark Twain über den Schwarzwald gelesen. (Was soll ich sonst machen ohne Dich!) Erstaunlich, wer schon alles im Schwarzwald war, nicht wahr? Twain ist süß. Er

schreibt, man könne an der Größe der Misthaufen erkennen, ob ein Schwarzwälder reich sei. Das ist heute nicht mehr ganz so. Heute erkennt man es, glaube ich, daran, ob jemand noch Gästezimmer im eigenen Haus vermieten muß, oder ob er sich schon ein Gästehaus bauen konnte. Ach ja, Twain! Ich bin mit dem Gedanken eingeschlafen, ich wäre Tom Sawyer und Du meine Becky Thatcher. Und wir würden ein Kaugummi tauschen ...

Heute morgen habe ich in der Glashütte von Wolfach ein kleine Überraschung für Dich gekauft. Ich bin sicher, Du wirst hingerissen sein.

Am Mittag bin ich dann über Elzach und Waldkirch nach Freiburg gefahren. Von dort aus schreibe ich Dir jetzt. Ich habe mir ein Zimmer im Roten Bären genommen. Ein wirklich gediegenes Haus, gegründet 1311 und angeblich der älteste Gasthof Deutschlands. Die Zimmer sind zum Glück renoviert. Die Preise sogar höchst modern. Dafür liegt das Hotel mitten in der Altstadt, ganz idyllisch, direkt neben dem sogenannten Schwabentor, ein altes Stadttor soweit ich erfahren habe. Den Nachmittag über habe ich mich ein wenig umgesehen. Vor allem der Dom ist beeindruckend. Drum herum ein Markt, an dem Du Deine helle Freude gehabt hättest. Das Tollste ist, die ganze Stadt ist durchzogen von kleinen Wasserläufen. Bächlein heißen die hier. Im Restaurant hat mir der Kellner erzählt, wer in so ein Bächlein tritt, heiratet eine Freiburgerin. Ich muß also vorsichtig sein. Du kommst ja aus Wickede.

Übermorgen dann also endgültig der Schwarzwald, Muggenbrunn. Mit dem Zimmer klappt alles. Ich habe von hier aus extra noch mal angerufen. Man sagte mir, es sei kein

Problem, für zwei Tage ein Doppelzimmer zu bekommen. Und ich kann danach auch wieder ein Einzelzimmer haben. Ach Juliane, ich freue mich sehr auf die Tage mit Dir. Vor allem: Wir sind ganz allein. Keine Angst vor den Nachbarn und ihrem häßlichen „Gerede" (Heidegger!), einfach nur wir beide, Du und ich und unsere Liebe. Zwei Tage und vor allem zwei Nächte (!!) mit Dir.
Ich hoffe nur, ER macht keine Schwierigkeiten. Aber der Herr Dr. kann seine Rektorenkonferenz nun wirklich nicht schwänzen. Und was soll er dagegen haben, daß Du zu Deiner Freundin nach Hamburg fährst?
Ich erwarte Dich dann ab fünf Uhr in Muggenbrunn. Wenn Du am Mittag loskommst, sind es vielleicht fünf Stunden. Erst die Sauerlandlinie immer Richtung Frankfurt. Am Frankfurter Kreuz mußt Du Dich Richtung Basel halten. Am einfachsten ist es, Du fährst in Freiburg-Mitte von der Autobahn ab. Dann Richtung Schauinsland, sagte man mir, ab dort ist Todtnau sicher ausgeschildert. Muggenbrunn ist ein Ortsteil von Todtnau. Du wirst es schon finden. Ich bin im Gasthof Engel. Du Du Du, ich freue mich auf Dich, auf uns. Sehnsuchtsehnsuchtsehnsucht ...
Dein (!!!) Tassilo

Juliane Schulte-Weber lächelte versonnen. Sorgfältig faltete sie den Brief zusammen, schob ihn ins Kuvert und versteckte ihn unter einem Stapel Schulhefte auf ihrem Schreibtisch. Sie sah auf die Uhr. Rasch noch ein Glas Möhrensaft, dann war es Zeit für ihren Aerobic-Kurs.
In der Küche hantierte ihr Mann, Dr. Magnus Weber, Rektor des Walram-Gymnasiums Menden, und damit nach eigener

Ansicht nicht nur privat, sondern auch dienstlich ihr Vorgesetzter, an der Kaffeemaschine herum.
„Sag mal, hast du irgendwo noch einen Rotstift?“ wollte er wissen. „Ich will noch die Mathearbeit aus der Quinta korrigieren.“
„Auf meinem Schreibtisch muß einer sein.“ Juliane Schulte-Weber schüttete sich ein Glas Saft ein. „Ich bin dann beim Aerobic.“ Sie nahm einem großen Schluck, schulterte die Sporttasche und knallte die Tür zu.
„Himmelherrgott, kannst du nicht einmal ...“ Zu spät, Juliane war schon aus der Tür. Dr. Weber zog die Schultern hoch. Nichts zu machen. Das mit dem Türenknallen hatte er ihr auch nach sieben Jahren Ehe nicht abgewöhnen können. So war sie eben. Impulsiv, ein Energiebündel. Ohne Türenknallen ging es bei ihr nicht. Kein Wunder, daß sie als Englischlehrerin kaum zu gebrauchen war. Für den Sportunterricht der Mädchen dagegen war sie ideal. Und davon profitierte schließlich auch er selbst. Mit ihren 38 Jahren war sie immer noch knackig und hervorragend in Form, jedenfalls soweit er das beurteilen konnte.
„Sei bitte pünktlich. Wir sind bei Höpfners eingeladen!“ rief er ihr nach. Aber Juliane war schon aus dem Haus.
Dr. Weber wartete, bis der Kaffee durch war. Er goß sich eine Tasse ein, süßte mit Assugrin, und sah zu, wie sich die Tabletten auflösten. Erst dann gab er einen Hauch Sahne dazu. Andersherum war es ekelhaft, einfach unmöglich. Wenn man erst die Sahne nahm und dann den Süßstoff, flockte die Sahne.
Resigniert schlurfte er zum Schreibtisch seiner Frau. Er haßte diesen Tisch. Ein einziges Chaos, Hefte, Stifte, Bücher, alles

lag kreuz und quer durcheinander. Unmöglich, etwas zu finden. Er hielt es mit strenger Ordnung. Aber das hatte ihn auch nicht davor bewahrt, daß sein Rotstift verschwunden war. Einer seiner Schüler mußte ihn in der letzten Stunde vor den Ferien geklaut haben. Ein schlechter Scherz.
Er beugte sich über den Tisch und versuchte, sich zu orientieren. Irgendwo da sollte also ein Rotstift sein. Er räumte einen Stapel Schulhefte zur Seite. Himmelherrgott, dieses Durcheinander. Ein Brief fiel auf den Boden. Dr. Weber bückte sich danach. Adressiert an Juliane Schulte-Weber. Ging ihn scheinbar nichts an. Nur die Schrift kam ihm bekannt vor. Er drehte den Brief um. Der Absender fehlte. Das war typisch für die Kinder heute. Keinen Sinn für Anstand und Ordnung hatten sie. Und Juliane behauptete auch noch, sie sei die beste Freundin ihrer Schüler. Das war selbstverständlich Unsinn. Ein Lehrer war gewissermaßen ihr natürlicher Freßfeind, Freundschaft unmöglich. Das hatte auch etwas mit Ordnung zu tun. Es war die natürliche Ordnung der Dinge. Als Biologe kannte er sich da bestens aus. Dr. Weber konnte es sich nicht verkneifen, den Brief näher zu untersuchen. Das Papier trug den Briefkopf eines Freiburger Hotels. Das war neu, daß sie jetzt schon aus den Ferien schrieben. Er nahm die Lesebrille aus dem Revers und riskierte einen Blick. *Liebste Juliane!* stand da. Dr. Magnus Weber stieg das Blut in den Kopf. Er las weiter: *Wer durch Schwaben reist, der sollte nie vergessen, auch ein wenig in den Schwarzwald hineinzuschauen; nicht der Bäume wegen, obgleich man nicht überall solch unermeßliche Menge herrlich aufgeschossener Tannen findet, sondern wegen der Leute, die sich von den anderen Menschen ringsumher merkwürdig unterscheiden...*

Dr. Weber ballte die Fäuste so fest, daß die Knöchel weiß wurden. Das war ein starkes Stück. Tassilo Trenkler, dieses Arschloch, trieb es mit seiner Frau. Nichtmal Oberstudienrat war der. Von Juliane gar nicht zu sprechen. Dr. Weber bekam die Wut. Und wenn er die bekam, dann gründlich. Er stampfte mit dem Fuß auf. Von wegen, der Herr Dr. kann die Rektorenkonferenz nicht schwänzen. Das Rendezvous im Schwarzwald wollte er Juliane und diesem Trenkler gründlich vermasseln. Er haute mit der Faust auf den Tisch. Ein Kuli fiel auf den Boden. Dr. Weber bückte sich. Da lag sein Rotstift, den er so lange gesucht hatte. Das war der Gipfel. Kein Schüler, sondern Juliane hatte ihn geklaut. Auch diesen Fehltritt würde er ihr ganz dick anstreichen. Das war ungenügend in jeder Beziehung.

3.

Tassilo Trenkler war bester Laune. Die Sonne schien, es war warm und die Aussicht vom Schauinsland atemberaubend. Ganz in der Ferne konnte man die Alpen sehen, der Tote Mann, Feldberg und Stübenwasen waren deutlich zu erkennen. Nach der obligatorischen Besteigung des Eugen-Keidel-Turms überlegte Tassilo, wie er den Rest des Tages verbringen sollte. Ganz in der Nähe gab es ein Hotel, aber eigentlich war er nicht hungrig. Also ein Spaziergang. Die Wegweiser versprachen einen Rundweg.

Nur ein paar Meter weiter gab es ein Observatorium, aber das Tor war geschlossen. Ein Schild wies auf ein Engländerdenkmal hin. Es lag zwar abseits vom Rundweg, klang aber interessant. Außerdem konnte er Juliane davon erzählen. Als Englischlehrerin würde sie das sicher interessieren.

Das Engländerdenkmal war an einen Hang gebaut. Der Weg fiel steil ab. Die Laubbäume waren angenehm schattig. Auf einer kleinen sechseckigen Fläche aus schweren Steinplatten standen drei mächtige Granitblöcke, die von ferne an Stonehenge erinnerten. Klar, es hieß ja Engländerdenkmal. Die Schrift auf dem Granit sah ziemlich griechisch aus. Tassilo las, daß hier am 17. April 1934 fünf englische Schüler bei einem Unwetter ums Leben gekommen waren, der jüngste keine dreizehn Jahre alt. Ihn fröstelte trotz der Sonne. Mitten im Leben war er plötzlich vom Tod umfangen. Die Geschichte ging ihm persönlich nahe. Schulausflüge fand er fürchterlich. Schon als Schüler hatte er sie gehaßt, für ihn als Lehrer waren sie die Hölle. Hier sah man, wohin es führen konnte. Tassilo drehte sich um. Damit wollte er nichts zu tun haben.

Er war im Urlaub. Da wollte er sich nicht mit Hölle und Tod belasten. In ein paar Tagen kam Juliane. Dann sollte das Leben gefeiert werden.
Eine Tafel wies auf den Schniederlihof hin. Das klang gut, richtig nach Schwarzwald. Es ging angenehm bergab. Sicher würde der Weg auch wieder zurück zum Parkplatz führen. Irgendwo hatte er vorhin ein Schild von der Bergstation gesehen, die ungefähr in der gleichen Richtung liegen mußte. Und die Bergstation war nicht weit vom Parkplatz. Wie sagte Juliane immer: Man soll niemals einen Weg zweimal gehen.
Eine halbe Stunde später hatte er Zweifel, ob er nicht doch besser die paar Meter zurück auf den Rundweg gegangen wäre. Es ging immer nur bergab. Auf diese Weise kam er garantiert nicht zu seinem Auto. Das stand ganz oben auf dem Berg. Zurück wollte er auch nicht. Also weiter. Im Tal lagen ein paar Häuser. Von dort aus würde er den Rückweg dann schon finden. Und bei diesem Schniederlihof gab es vielleicht auch etwas zu trinken.
Der Schniederlihof entpuppte sich als Bauernhausmuseum. Nur war leider geschlossen. Aus Heimatkunde und einem Bierchen wurde also nichts. Tassilo warf einen Blick in die offene Scheune. Allerlei Holzgeräte standen herum. Er hatte wenig Ahnung, wozu die Sachen gut waren, aber anscheinend hatte man sie hier früher zum Leben gebraucht. Nur den Holzklotz mit der Axt kannte er. Da wurde das Holz für den Kamin gehackt. Seine Gedanken schweiften ab. So einem Kamin wünschte er sich auch seit Jahren. Er sah Juliane nackt auf einem Fell vor einem offenen Kamin liegen, einen großen Cognacschwenker in der Hand. Tassilo wurde heiß.
Als er endlich bei den Häusern im Tal angekommen war,

die sich als das Örtchen Hofsgrund entpuppten, klebte ihm das Hemd am Rücken. Er war froh, wieder in der Zivilisation angekommen zu sein. Sogar eine Bushaltestelle gab es. Leider hatte er den Bus um ein paar Minuten verpaßt. Bis der nächste kam, dauerte es fast eine Stunde.
Als Tassilo Trenkler seinen Golf endlich vor dem Engel in Muggenbrunn parkte, war es später Nachmittag. Er war müde, hungrig und schlecht gelaunt. Sein kleiner Spaziergang hatte ihm eine Blase am Fuß eingebracht und einen Sonnenbrand am Kopf vom Warten auf den Bus. Er nahm seinen Koffer und schleppte ihn ins Haus.
Nachdem er sich angemeldet und den Koffer abgestellt hatte, setzte er sich auf die Terrasse. Das kühle Bier wirkte Wunder. Langsam sah die Welt wieder rosig aus. Tassilo streckte die müden Beine unter den Tisch und sah sich um. So hatte er sich den Schwarzwald vorgestellt. Ein Bach rauschte im Hintergrund, die Tannen und die Sonnenschirme spendeten Schatten. Und gleich gab es Wurstsalat von der Vesperkarte. Nur die Autos, die dauernd an der Terrasse vorbei fuhren, störten etwas. Egal. Hier fuhren wenigstens Autos. In Hofsgrund hatte die Welt stillgestanden. Die Wirtin, eine Frau Wassmer, war ganz eindeutig ein Original. Klein, energisch, etwas rundlich, die Haare kurz. Sie trug eine rote Kniebundhose aus Leder und eine weiße Trachtenbluse. Sicher hatte sie für jeden ein gutes Wort, für Tassilo sogar ein frisches Pils und den Wurstsalat. Das Leben konnte herrlich sein, wenn man nicht auf dumme Gedanken kam. Jedenfalls mußte vor dem nächsten Spaziergang unbedingt eine Wanderkarte angeschafft werden. Wohin das Wandern ohne Karte führen konnte, hatte er am eigenen Leib erlebt.

Nach der unfreiwilligen Umrundung des Schauinsland, zwei Bier und dem Wurstsalat war Tassilo rechtschaffen müde. Er ging in sein Zimmer, zog die Schuhe aus und legte sich aufs Bett. Den Koffer kann ich auch später auspacken, überlegte er noch. Er hatte Ferien. Kurz darauf war er eingeschlafen.

Als er wach wurde, war es schon dunkel. Tassilo brauchte ein paar Sekunden, um sich zu orientieren. Er knipste das Licht an und sah sich um. Hier würde er also die nächsten Tage verbringen. Neben der Tür stand eine Couch, ein kleiner Tisch und zwei Sessel, am Fenster ein Kühlschrank und ein Fernseher. Es gab einen kleinen Schreibtisch und einen Einbauschrank. An der Wand hingen Photos mit Landschaften aus dem Schwarzwald.

Tassilo schlappte ins Badezimmer und wusch sich das Gesicht. Im Spiegel begutachtete er sein Konterfei. He, der Kerl sah noch ganz gut aus. Man konnte ihn locker auf 36 Jahre schätzen, dabei ging er hart auf die 40 zu. Gut, die Haare waren vorsichtig auf dem Rückzug, aber bei seiner Krause fiel das kaum auf. Es war auch nicht so, daß er direkt freie Stellen hatte, die Haare wurden nur täglich etwas dünner. Jeden Morgen hingen sie schlapp im Kamm. Jedenfalls figurmäßig war er ziemlich in Schuß. Nur um die Hüfte herum hatte sich das ein oder andere Schnitzel festgesetzt. Aber ein bißchen Bewegung in frischer Luft würde da in den nächsten Tagen Wunder wirken.

Tassilo sah auf die Uhr. Kurz nach neun. Da konnte er noch ein Gläschen Wein trinken. Aber vorher wollte er seinen Koffer auspacken. Er wuchtete ihn aufs Bett und nahm ein paar Hemden heraus. Dann ging er zum Schrank. Er machte die Tür auf und sah direkt auf zwei Mephisto Wanderschuhe. In den Schuhen steckten zwei Füße. Die Füße wiederum gehörten zu einem Mann, der in seinem Schrank so etwas ähnliches wie einen Kopfstand machte.

„Entschuldigen Sie, bitte," murmelte er und machte instinktiv die Tür wieder zu.

Keine Antwort.

Tassilo riß die Tür wieder auf und stierte den Typ im Schrank an. Da stimmte etwas nicht. Und zwar ganz gewaltig. Er rüttelte an dem Mann, der davon einfach aus dem Schrank kippte. Jetzt konnte Tassilo auch das Gesicht sehen. Genau zwischen den Augen hatte er ein kleines Loch mit einem dunklen Rand. An der Nase war eine feine, dunkle Spur.

„Mein Gott," stammelte Tassilo. Der Mann in seinem Schrank war tot. Ihm wurde schlecht. Er lief ins Badezimmer, riß den Klodeckel hoch und gab die Reste seines Wurstsalats von sich. Ein wenig zitterig kam er wieder auf die Beine und ging zurück in sein Zimmer. Er hatte das alles nicht geträumt. Der Mann lag immer noch da. Mausetot. Endgültig.

Tassilo setzte sich aufs Bett und gab sich Mühe, die Leiche nicht anzusehen. Was machte man in einem solchen Fall? In seinem Kopf ging es wild durcheinander. Er hatte keinerlei Erfahrung mit Leichen in Hotelzimmern. Bilder aus Krimis tauchten auf, Worte wie Spurensicherung und Schimanski. Klar, Schimanski. Er mußte die Polizei anrufen. Aber was sollte er sagen, wie die Leiche in den Schrank gekommen war? Er hatte keinen blassen Schimmer. Und sicher würde man ihn fragen, warum er das Zimmer schon am Nachmittag bezogen, aber die Leiche erst Stunden später gemeldet hatte. Gut, er war unten gewesen. Dafür gab es Zeugen. Aber trotzdem. Ärger hatte er in jedem Fall. Also einfach so tun als sei

nichts und ein neues Zimmer verlangen? Das half auch nicht viel. Irgendwann würde jemand die Leiche finden. Und dann wäre er erst recht verdächtig. Nein, es gab nur eins. Die Polizei mußte eingeschaltet werden. Natürlich, wie hatte er überhaupt an etwas anderes denken können. Er war absolut unschuldig. Was sollte ihm passieren? Immerhin gab es noch eine Gerechtigkeit. Und der mußte genüge getan werden. Der arme Mann in seinem Zimmer war wahrscheinlich ermordet worden. So sah es jedenfalls aus. Also mußte der Mörder gefaßt werden. Und was sollte man Tassilo dabei anhaben? Er hatte wirklich nichts mit der Sache zu tun. Die Polizei würde das sicherlich rasch begreifen.
Tassilo raffte sich auf und ging zum Telefon. Neben dem Apparat lag ein Telefonverzeichnis. Er suchte die Nummer der Polizei heraus und wählte.
„Polizei Todtnau," meldete sich eine Stimme, „Wachtmeister Auerbach."

4.

Eduard Auerbach zog die Luft scharf ein. „Sie haben was?“ Er wußte nur zu gut, was der Mann am Telefon hatte, gab sich aber alle Mühe, möglichst dienstlich zu klingen. Am besten tat er, als würde er kein Wort glauben. „Die Leiche hat einen Kopfstand gemacht, sagen Sie?“ Während der Mann am Telefon erzählte, überlegte Auerbach fieberhaft, was er tun sollte. Den ganzen Tag hatte er sich den Kopf darüber zerbrochen. Ohne Ergebnis. Jetzt mußte er improvisieren. Eine Schau abziehen. Die Polizei, dein Freund und Helfer, so die Tour. Zum Glück war er allein auf der Wache. Für die Kollegen mußte er schonmal kein Theater spielen. Nach einer Weile sagte er: „Passen Sie auf. Ich bin sofort bei Ihnen. Fassen Sie bis dahin unter keinen Umständen irgend etwas an. Und erzählen Sie um Himmels willen niemandem von der Sache. Sie wissen ja wie die Leute sind. Sie könnten ohne weiteres eine Panik auslösen. Am besten, Sie bleiben einfach in Ihrem Zimmer.“

„Mit der Leiche?“ kam es aus dem Hörer.

„Mit der Leiche,“ bestätigte Auerbach. „Die tut Ihnen nichts. Die ganze Verantwortung liegt in Ihren Händen, bis ich da bin. Haben Sie das verstanden? Das ist ein Befehl.“

„Ja.“ Es klang nicht sehr überzeugt.

Er legte auf. Ein paar Sekunden blieb er noch sitzen und kämpfte eine aufkommende Panik nieder. Dann zog er die Uniformjacke an, nahm die Pistole und steckte eine Rolle Tesafilm und einen Photoapparat in eine Plastiktüte. Er schaltete das Telefon um, machte das Licht aus und schloß die Tür ab.

Draußen auf dem Parkplatz vor der Wache wehte ein leichter Wind. Auf der Umgehungsstraße hupte jemand. Auerbach sah sich um. Kein Mensch weit und breit. Ein Augenblick überlegte er, ob er den Dienstwagen benutzen sollte. Aber das war zu riskant. So ein Polizeiauto fiel auf. Besser, er nahm den Audi. Nur noch ein kleiner Abstecher nach Hause. Im Wohnzimmer lief der Fernseher. Auerbach öffnete die Tür. Sein Enkel Kevin sah eine Fernsehshow. „Ich bin's nur, Bub. Hab was vergessen."
„Oma ist schon im Bett." Kevin machte sich nicht die Mühe ihn anzusehen.
Leise zog er die Tür zu. Hetti kriegte besser nicht mit, daß er da war. Sie würde Fragen stellen. Und sie hatte immer noch gemerkt, wenn er sie anlog. Monika, seine Tochter und die Mutter von Kevin, war arbeiten. Seit ihrer Scheidung bediente sie in der Lawine in Fahl. Vor ein Uhr war sie nicht zurück.
Auf Zehenspitzen schlich Auerbach ins Badezimmer. Er schnappte sich eine Puderdose und den dazugehörigen Pinsel von Monikas Schminksachen, pinkelte, zog aber nicht ab, um Hetti nicht zu wecken. Dann machte er sich endgültig auf den Weg nach Muggenbrunn.
Der Parkplatz vor dem Engel war bis auf zwei Busse und einen Golf leer. Auerbach fuhr trotzdem ein paar Meter weiter die Schauinslandstraße hoch und bog links ab Richtung Franzosenberg. Auf dem Parkplatz am Tennisplatz stellte er seinen Audi ab.
Im Engel war einiges los. Auerbach linste durch die Fenster. Das ganze Personal war damit beschäftigt, die Reisegruppe aus den Bussen mit Pfannengerichten zu versorgen. Auf kleinen Holzbrettchen schleppten die Bedienung und die Was-

smerin winzige Pfännchen mit Bratwürsten durch den Gastraum. Selbst den Koch und die Zimmermädchen hatte Brigitte zum Bedienen verdonnert. Als sie die nächste Ladung servierten, kam Auerbach unbemerkt ins Lokal.

Eine Minute später stand er mit klopfendem Herzen im ersten Stock vor dem Zimmer ganz am Ende des Flurs. Ihm fiel ein, daß er vergessen hatte, nach der Zimmernummer zu fragen. Egal, er konnte sagen, die habe er von der Wirtin. Er klopfte. Keine Antwort.

Auerbach klopfte wieder. Diesmal etwas lauter.

Immer noch nichts.

„Hören Sie."

Wie hieß der Vogel da drin eigentlich? Das hatte er auch nicht gefragt.

„Ich bin's. Auerbach. Polizei. Bitte machen Sie auf."

Endlich bewegte sich was.

Der Mann, der die Tür aufmachte, sah ziemlich fertig aus. Er war groß, dünn, fast hager aber mit einem Schwimmring um die Hüften. Auerbach taxierte ihn mit einem Blick. Einer diesen laschen Typen aus der Stadt, Beamter wahrscheinlich. Er sah aus, als hätte er geheult. Jedenfalls hatte er einen knallroten Kopf.

„Auerbach," sagte er. „Wir haben telefoniert." Der Mann in der Tür nickte. Auerbach schob ihn ins Zimmer und schloß die Tür ab.

Der Tote lag vor dem Schrank. Das Bett war zerwühlt, ein offener Koffer lag darauf.

„Er war einfach im Schrank. Ich habe ihn aufgemacht und dann war er da drin." Der Mann hob hilflos die Hände.

„Also gut, Herr ..."

„Trenkler. Tassilo Trenkler."
„Schön, Herr Trenkler. Ausweis. Führerschein."
Der Typ rührte sich nicht und starrte die Leiche an wie das Kaninchen die Schlange. Auerbach wurde etwas lauter. „Kann ich Ihren Ausweis sehen?"
„Ach ja, Moment." Trenkler nahm seine Jacke vom Stuhl und zog die Brieftasche heraus. Er gab ihm die Papiere, die er umständlich studierte. Zum Glück hatte er diesmal die Brille dabei. „Was arbeiten Sie?"
„Ich bin Lehrer. Deutsch und Geschichte."
„Wo?"
„Am Gymnasium. In Menden im Sauerland."
Auerbach schrieb mit. „Herr Trenkler," sagte er dann und gab die Papiere zurück, „warum haben Sie den Mann umgebracht?"
Trenkler klappte der Kiefer runter. „Ich war das nicht," stammelte er.
Auerbach machte ein bedenkliches Gesicht. „Ich will Ihnen mal glauben," sagte er, „aber Sie müssen zugeben, etwas seltsam ist das. Sie kommen in Ihr Zimmer und so ganz zufällig steht da eine Leiche im Schrank. Es gibt Zufälle, die gibt es eigentlich nicht, Herr Trenkler."
„Ich kenne den Mann doch gar nicht."
„Gut, sagen wir, das stimmt. Und nehmen wir auch an, Sie haben die Leiche tatsächlich nur gefunden. Glauben Sie nicht, das Zimmermädchen hätte etwas merken müssen? Normalerweise werden die Schränke kontrolliert, wenn ein Gast ausgezogen ist. Und eine Leiche ist wirklich nicht zu übersehen. Um es kurz zu machen, Sie haben da ein echtes Problem." Er sah über den Brillenrand auf die Leiche herunter.

Trenkler nickte. „Und jetzt?"
„Fangen wir an. Erzählen Sie mir doch noch mal, wie sie die Leiche da gefunden haben."
Während Tassilo berichtete, machte Auerbach ein paar Notizen.
„Gut, das haben wir also," sagte er schließlich und klappte den Block zu.
„Wann kommen denn die anderen?" wollte Trenkler plötzlich wissen.
„Die anderen?" Auerbach kam etwas ins Schleudern.
„Na ja, also ich kenne mich da nicht so aus wie Sie, aber da muß doch die Spurensicherung kommen. Es werden sicher Photos gemacht und so."
„Spurensicherung, natürlich." Auerbach hob die Plastiktüte hoch, die er mitgebracht hatte. „Ist alles dabei."
„Sie machen das?" Trenkler schien ehrlich erstaunt.
„Sie wissen wie das ist. Sie sind doch auch im Staatsdienst. Es wird gespart an allen Ecken und Enden."
Trenkler nickte wieder.
„Klar," Auerbach machte auf leutselig, „Sie denken jetzt an Tatort und Derrick. Jede Menge Leute laufen da immer rum. Alles Unsinn. Bei dem Personalbestand." Er stand auf und holte den Photoapparat aus der Plastiktüte. „Am besten, ich fange einfach mal an."
In der nächsten Viertelstunde knipste Auerbach die Leiche aus allen möglichen Positionen. Er staubte den Schrank mit Monikas Puder ein und leuchtete ihn umständlich mit der Taschenlampe ab. Hin und wieder klebte er ein Stück Tesa auf eine Stelle, das er vorsichtig wieder abzog und in eine kleine Tüte steckte. „Fingerabdrücke," erklärte er. In ähnli-

cher Weise wurden sämtliche Lichtschalter sowie die Tür- und Fenstergriffe bearbeitet.
Trenkler sah stumm zu.
„Sie können mir mal helfen." Auerbach drückte Trenkler ein Handtuch in die Hand. „Wischen Sie alles gründlich ab, Schrank, Badezimmer, die Lichtschalter und so. Wir wollen ja keinen Dreck machen."
Auerbach packte seine Sachen wieder in die Plastiktüte und sah Trenkler beim Wischen zu. Der Typ war ideal. Bisher hatte er jeden Mist geglaubt. Entweder war er völlig von der Rolle oder einfach nur bekloppt. Wahrscheinlich beides. Von solchen Vögeln wurde also die deutsche Jugend erzogen. Kein Wunder, daß aus Kevin nichts wurde.
Wenn dieser Trenkler weiter alles schluckte, war die Sache fast gelaufen. „Sie machen das prima, Herr Trenkler." Auerbach klopfte ihm auf die Schulter. „Ich sag immer, solange wir Lehrer haben wie Sie, braucht uns um unsere Kinder nicht bange zu sein."
Trenkler war etwas erleichtert. „Ich helfe, wo ich kann, Herr Wachtmeister."
„Da ist noch eine Sache." Auerbach machte eine bedeutungsschwere Pause. „Die Leiche muß aus dem Haus." Er sah Trenkler direkt in die Augen. „Sie müssen mir helfen."
„Ich kann unmöglich den da anfassen." Trenkler sah den Toten mit weit aufgerissenen Augen an. Seine Stimme wurde etwas hysterisch.
„Hören Sie," Auerbach faßte ihn am Arm, „wie stellen Sie sich das vor? Sollen wir einfach mit der Leiche hier durchs Haus spazieren? Was meinen Sie, was passiert, wenn wir damit durch die Gaststube laufen? Ich sage es Ihnen. Die Leute

drehen durch. Das gibt mindestens eine Panik. Die Frauen werden ohnmächtig und so. Damit ist doch niemandem gedient." Seine Stimme wurde leiser. „Ich habe vorhin mit der Wirtin gesprochen. Sie hat mich gebeten, unter gar keinen Umständen Aufsehen zu machen. Die Frau ist doch ruiniert, wenn sich herumspricht, daß hier im Haus jemand umgebracht worden ist. Die kann ihren Laden doch dicht machen, oder?"

„Ja, sicher ..."

„Sehen Sie, und deshalb muß die Leiche heimlich abtransportiert werden. Wissen Sie, die meisten Menschen im Schwarzwald leben vom Tourismus. Die Polizei kann unmöglich wollen, daß die Leute Arbeit und Brot verlieren. Die Frau hat Familie. Das verstehen Sie doch."

„So habe ich das noch gar nicht gesehen."

„Ich wußte, ich kann mich auf sie verlassen." Auerbach drosch Trenkler auf die Schulter. „Hören Sie, da ist noch eine Sache. Frau Wassmer hat mich gebeten, ach was, gebettelt und gefleht hat sie, sie wolle auf keinen Fall auf den Mord angesprochen werden. Hier sind ja immer Gäste. Und da spricht sich sofort was rum. Tun Sie Ihr gegenüber einfach so, als wäre gar nichts passiert."

„Natürlich, aber die Zeitungen ..."

„Die lassen Sie meine Sorge sein. Einfach den Mund halten. Und jetzt machen Sie mal das Fenster auf."

„Das Fenster?" Trenkler rührte sich nicht vom Fleck und würgte sein Handtuch.

„Genau, das Fenster. Das Haus hat nämlich keinen Hinterausgang. Fällt alles steil ab. Durch den Vordereingang können wir ja nicht."

„Wollen Sie ihn da rauswerfen?“ Jetzt wurde Trenkler doch ein wenig stutzig.
„Ich garantiere Ihnen, er hier,“ Auerbach deutete auf den Toten, „hat nichts dagegen.“
„Das können Sie nicht machen.“ Plötzlich wurde dieser Trenkler lebendig. „Es gibt doch auch sowas wie Pietät. Die Ruhe der Toten sollte man ehren. Auch bei der Polizei.“
„Das mit der Pietät hätten sie dem Mörder sagen sollen. Oder halten Sie es für Pietät, einen Toten kopfüber in den Schrank zu stellen?“
„Nein, aber ...“
„Na also.“ Auerbach ging zum Fenster und öffnete es. Dann schob er Trenkler vor sich her, bis er an den Füßen der Leiche stand. „Jetzt fassen Sie schon zu. Das ist ein dienstlicher Befehl.“ Er nahm die Leiche bei den Händen. Widerwillig nahm Trenkler die Füße.
Der Tote war steif wie ein Brett. Als sie ihn hochhoben, knackten seine Gelenke. Trenkler kam es hoch.
„Kotzen können Sie gleich,“ herrschte Auerbach ihn an, „jetzt machen Sie schnell.“
Mit den Füßen voran warfen sie die Leiche aus dem Fenster. Laub raschelte, ein paar Äste knackten. Dann platschte es.
„Scheiße,“ knurrte Auerbach, „er ist ins Wasser.“
Trenkler war schon im Badezimmer. Man hörte ihn würgen. Als er wieder auftauchte, hatte Auerbach die letzten Spuren beseitigt. Das Zimmer war ordentlich aufgeräumt. Sogar die Hemden hingen im Schrank. Er angelte einen Flachmann aus der Uniformjacke und hielt ihn Trenkler hin, der einen tiefen Schluck nahm.
„Und, geht's wieder?“

Trenkler hustete.
„Topinambur. Den macht mein Schwager," erklärte er und nahm ebenfalls einen Schluck. „Ich geh jetzt. Neben der Terrasse geht gleich rechts eine Straße steil ab. Wenn man da runter geht, ist rechts der Bach und eine Brücke. Da warte ich auf Sie. Kommen Sie so in zehn Minuten nach."
Auerbach sah Trenkler forschend an. Der Vogel sah aus, als mache er gleich schlapp. Die Geschichte war wohl doch etwas viel für ihn. Aber er kannte sich da aus. Man durfte die Sorte gar nicht erst jammern lassen. „Ich kann den Mann da unten nicht allein aus dem Bach ziehen. Also fassen Sie an. Es ist Ihr Toter. Ich habe mit dem Fall noch genug am Hals. Wenn Sie schon im Bett liegen, muß ich noch den Bericht schreiben. Und das ist erst der Anfang." Er nahm seine Sachen. „In zehn Minuten also. Sonst habe ich allen Grund, Sie in den Kreis der Verdächtigen aufzunehmen. Oder möchten Sie Ihren Urlaub in Untersuchungshaft verbringen?"
Trenkler wollte etwas antworten, aber er kam nicht mehr dazu. Auerbach war schon aus dem Zimmer. Im Flur wartete er neben den Toiletten, bis die Wassmerin in der Katharinenstube verschwunden war. Er kaum aus der Gaststube, ohne gesehen zu werden.
Fünf Minuten später parkte er seinen Wagen wie am Vorabend neben der Bäckerei am Bach. Er stieg aus und vertrieb sich die Wartezeit mit dem Flachmann. Trenkler kam pünktlich. Na also.
„Hat Sie jemand gesehen?" fragte Auerbach.
„Die Wirtin."
„Und?"
„Ich habe gesagt, ich mache noch einen Spaziergang."

„Na also, es geht doch.“ Auerbach sah prüfend zum Himmel. Es war fast Vollmond, noch ein, zwei Nächte bis dahin. Deutlich waren die Sterne zu sehen. Das Licht würde reichen.
Schweigend kletterten die beiden das steile Ufer entlang. Der Tote lag so nah am Ufer, daß sie nicht ins Wasser mußten. Schwierig wurde es erst wieder, als sie versuchten, ihn in den Kofferraum von Auerbachs Audi zu befördern. Die Beine wollten nicht. Sie waren stocksteif. Auerbach blieb nichts anderes übrig, als sie mit Gewalt zu beugen. Es knackte wieder. Trenkler verschwand im Gebüsch und würgte. Als er wieder auftauchte, hielt Auerbach ihm den Flachmann hin. Trenkler winkte ab.
„Ich verstehe das alles nicht,“ ächzte er, „das gibt doch keinen Sinn. Wie kommt der Tote in mein Zimmer, frage ich mich immer wieder. Das ist doch kein Zufall, das kann doch kein Zufall sein. Ich meine, wenn ich jemanden umbringe, also jetzt mal gesetzt den Fall, nicht daß Sie mich falsch verstehen, also wenn ich … dann würde ich doch die Leiche verschwinden lassen. Der Wald hier ist doch groß genug. Da kann man doch jemanden … Das hat doch einen Sinn, daß der da im Schrank war.“
Auerbach kratzte sich am Kopf. Jetzt fing dieser Trenkler auch noch an nachzudenken.
„Und dann diese Heimlichkeiten. Ich verstehe das nicht. Die Leiche aus dem Fenster ... das kann man doch nicht ... nichtmal ein Polizeiauto haben Sie.“ Trenkler stützte sich mit den Händen auf Auerbachs Audi und schluchzte hemmungslos.
In der Wohnung über der Bäckerei ging ein Licht an. Ein Fenster wurde geöffnet. „Ist da wer?“ rief jemand.
„Ich bin's, Edi,“ rief Auerbach, „ist alles in Ordnung, Friedhelm. Geh schlafen. Du mußt früh raus.“ Das Fenster wurde wieder geschlossen, das Licht ging aus.

Auerbach seufzte. Es half nichts, Trenkler brauchte Streicheleinheiten. Er nahm ihn bei der Schulter und drückte aufmunternd zu. „Sehen Sie, Herr Trenkler. Im Schwarzwald haben sogar die Tannen Ohren. Wenn der Mord bekannt wird, kann die Brigitte, also der Engel, dicht machen. Da habe ich als Staatsbeamter eine Verantwortung. Und sie als Bürger auch. Wir können doch dem Steuerzahler nicht zumuten, daß wir ihn mit seinem eigenen Geld kaputtmachen. Deshalb die Heimlichkeit. Und deshalb bin ich auch mit meinem Privatwagen hier. Was soll ich mit Blaulicht und dem ganzen Schnickschnack? Da kann ich gleich überall rumschreien, es ist was passiert. Ich sage Ihnen, das ist alles in Ordnung. Am besten gehen Sie ins Bett und schlafen sich erstmal gründlich aus. Morgen sieht die Welt dann ganz anders aus. Ich mache jetzt noch das Protokoll fertig. Das unterschreiben Sie dann morgen, und sie werden sehen, das geht alles seinen Gang."
Auerbach machte eine Pause. Du lieber Himmel, redete er einen Mist. Normalerweise stellte er schon wegen einer geklauten Handtasche jedes Hotel auf den Kopf.
„Meinen Sie?" jammerte Trenkler.
„Ich meine. Alles wird gut. Sie werden sehen." Auerbach überkreuzte Mittel- und Zeigefinger auf dem Rücken. „Und jetzt gehen Sie. Vergessen Sie nicht ..." Er legte den Finger auf den Mund.
Trenkler nickte und trottete mit hängenden Schultern den Weg hoch zum Engel. Auerbach sah ihm nach, bis er verschwunden war. Dann setzte er sich in seinen Wagen, atmete tief durch und ließ den Motor an. Als er losfuhr, lief bellend ein fetter Mops hinter seinem Auto her.

5.

Ach, liebste Juliane!

Keine 24 Stunden bin ich im Schwarzwald, und plötzlich verstehe ich, warum dieser Wald so schwarz ist. Der letzte Tag war der bisher Fürchterlichste in meinem Leben. Dagegen war die Scheidung von Sigrid ein Spaziergang - obwohl alles ein Jahr gedauert und sie diese unverschämte Abfindung kassiert hat. Aber gut, das ist vorbei. Bis Freiburg lief alles wunderbar (ich hoffe, Du hast meinen Brief bekommen), dort spürt man wenig von den Schatten über diesem unseligen Wald.

Wenn Du ab Baden-Baden über die A5 Richtung Basel fährst, hast Du den Schwarzwald immer auf der linken Seite (Osten). Ich habe mich jedesmal gefragt, wenn ich die Strecke gefahren bin, woran mich dieser Wald erinnert. Seit gestern abend weiß ich es: die Hügel und Berge mit den dunklen Tannen darauf sehen aus wie Sargdeckel. Das ist keine meiner angeblich üblichen Übertreibungen und keine Ausgeburt meiner Phantasie ('Dein kleiner Spinner'), das ist ganz einfach die Wahrheit.

Ach Juliane, wie gern würde ich Dir alles genau schreiben. Aber es geht nicht. Wenn Du da bist, werde ich berichten. Es ist besser so. Nur soviel: der Schwarzwald ist eine Falle. Seltsame Dinge gehen vor. Und man kann nur eine einzige Sache dagegen tun: keinem Menschen hier trauen. Vor allem nicht den Einheimischen. Einfach abreisen wäre das Beste, aber es ist unmöglich.

Ich habe die ganze letzte Nacht wach gelegen und nachgedacht. Was einem da alles durch den Kopf geht: Ist Dir mal

aufgefallen, daß ausgerechnet durch den Schwarzwald keine Autobahn führt? Immer nur an den Rändern entlang. Das hat, glaube ich, eine gewisse Methode. Es ist wie ein Labyrinth. Wenn man einmal drin ist, gibt es keinen Ausweg mehr. Nimm die Römer und die Kelten. Ihre Spuren findest du überall um den Schwarzwald herum: Pforzheim, Baden-Baden, Basel, Badenweiler, Rottweil, was weiß ich. Aber hast Du von einer einzigen Römersiedlung IM Schwarzwald gehört? Nein! Die Römer haben einen großen Bogen um den silva negra gemacht. Und Goethe, der ja nun wahrhaftig vor nichts zurückgeschreckt ist, war zwar in Heidelberg, Karlsruhe, Emmendingen, Basel, Schaffhausen, Tuttlingen, Tübingen, Stuttgart - aber im Schwarzwald war er nie. Ich sage Dir, das hat seinen Grund. Und langsam habe ich eine Ahnung davon, wie dieser Grund aussehen könnte. Die Welt wird hier zu einem Wald, den man besser meidet. Nur ein Beispiel: Irgendwann im 18. Jahrhundert ist Marie Antoinette durch den Schwarzwald. Man hat ihr sogar eine Straße gebaut. Bezeichnenderweise führt sie durchs Höllental. Marie war auf der Fahrt zu ihrer Hochzeit - und was ist das Ergebnis dieser 'Hochzeitsreise' durch den Schwarzwald? 1793 wird sie in Paris öffentlich hingerichtet.
Kein Wunder, daß das Schwarzpulver hier erfunden wurde. In Freiburg haben sie diesem Oppenheimer des Mittelalters sogar ein Denkmal gesetzt. Und in Oberndorf sitzt die Firma Heckler & Koch. Die stellt Waffen her, unter anderem das G11, ein Gewehr. Ich kenne mich da nicht aus, es soll ein regelrechtes Wunderding sein, soweit man das von Gewehren sagen kann. Beim Feldberg haben sie Uran gefunden. Von wegen Kuckucksuhren, Wiege der Demokratie, 1848,

Hecker, Struve. Hier kommt Rasse-Günther her, der Hitler mit seiner „Kleinen nordischen Rassenkunde“ so eine Art wissenschaftliche Begründung des Antisemitismus geliefert hat; in Freiburg hat er studiert. Und dann Heidegger mit seinen Holzwegen! Genau darauf begibt man sich im Schwarzwald. Ein paar Meter weiter in Todtnauberg steht seine Hütte, keine Stunde zu Fuß von hier.

Juliane Juliane, ich wünschte, ich könnte Dir alles genau schreiben. Aber angesichts der Situation, in der ich stecke, ist es besser, ich berichte nur mündlich. Selbst das Telefon scheint mir gefährlich. Oben auf dem Feldberg haben sie Abhöranlagen. Gut, die werden mir nichts tun. Aber es ist typisch. Nur, daß man es vor lauter Schwarzwaldbegeisterung am Anfang nicht sieht. Aber so ist das mit Fallen. Mit Speck fängt man Mäuse. Wenn man mal drin ist, geht es einem an den Kragen. Und das ist das Mindeste.

Nur ein Beispiel: Heute mittag hatte ich mir eine Tomatensuppe bestellt. Laut Karte im Brotteig serviert. Die Suppe kommt in einer normalen Tasse. Ich sage es der Wirtin. Ach, sagt sie, da hat der Koch wohl was verwechselt. Na, gut denke ich mir. Dann kriege ich aber die Rechnung für die Suppe im Brotteig. Ich reklamiere. Und weißt Du was die Wirtin mir sagt? Sie sagt, wenn's mir nicht paßt, soll ich woanders essen. So geht's hier zu, Juliane.

Übrigens, nach dieser Wuchertomatensuppe schlage ich durch Zufall das Merian-Heft über den Schwarzwald auf. Und da lese ich von einem Besuch Hemingways im Schwarzwald (es paßt so gut, ich muß es Dir einfach abschreiben): „Das 'Rössle' ist das Lieblingssymbol der Schwarzwaldwirte. Alle diese Gasthäuser sind weiß getüncht und sehen von außen ordentlich und sauber aus, aber innen sind sie schmutzig, eins wie das andere. Die Bettlaken sind kurz, die Federbetten klumpig, die Matratzen hellrot, das Bier gut, der Wein schlecht. (...) Die Hühner scharren im Vorgarten, und der Misthaufen dampft unter den Schlafzimmerfenstern. Das 'Rössle' in dem wir einkehrten, verfügte über alle diese Kennzeichen, und über einige mehr: Es gab hier eine ordentliche Mahlzeit aus gebratenem Fleisch, Kartoffeln, grünem Salat und Apfelkuchen, vom Wirt selber aufgetragen, der unerschütterlich wie ein Ochse aussah und mitunter mit dem Suppenteller in der Hand stehenblieb und wie abwesend aus dem Fenster starrte. Seine Frau hatte ein Kamelsgesicht, genau die unverwechselbare Kopfbewegung und den Ausdruck äußerster Stupidität, die man nur bei Trampeltieren und süddeutschen Bauersfrauen beobachten kann."

Das mit Bier und Wein ist umgekehrt, finde ich. Die Wirtsleute tarnen sich besser. Zuerst denkst du, du bist unter ganz netten Leuten, aber dann ... wie heute Mittag eben. Du siehst, ich urteile keineswegs pauschal (das ist mir wichtig!), ich stehe in guter Gesellschaft mit meinem Unbehagen. Jedenfalls bin nach den Vorfällen (die letzte Nacht / Tomatensuppe) ausgezogen. Angestellt haben sie sich. Mir war es egal. Nach so einer Nacht konnte ich unmöglich dort bleiben. Und bis zum Wochenende waren alle anderen Zimmer belegt. Kurz und gut: ich wohne nicht mehr im Engel. Leider nur ein paar Meter weiter. Muggenbrunn kann ich zur Zeit auf keinen Fall verlassen. Ich würde mich verdächtig machen. Wenn Du hier bist, erkläre ich Dir, warum. Jetzt bin ich in einer Ferienwohnung. Die Adresse ist: Franzosenbergstraße. (Direkt gegenüber vom Skilift. Wenn Du kommst, fahr ein-

fach den Schildern zum Lift nach.) Ich sitze gerade auf der Bank vor der Wohnung. Eine Wiese fällt sanft ab zu einem Bach. Es gibt ein paar Obstbäume und am Hang, an dem im Winter Ski gelaufen wird, grasen jetzt die Schafe und ein paar Ziegen. Es wirkt idyllisch. Ein Brunnen plätschert in der Nähe, man kann Wasser treten. Die Wohnung selber ist typisch Schwarzwald: dunkel, viel Holz, Eckbank mit Herrgottswinkel. Immerhin sind die Betten prima.

Juliane Juliane, wie gut, daß Du bald bei mir bist. Ich hoffe nur, bis dahin bin ich hier nicht endgültig in die Falle gegangen. Das tue ich lieber mit Dir.

Grüße und Küsse,

Dein Tassilo

6.

Der Biergarten des Gasthofs Feldberg in Todtnau war schon kurz vor Mittag gerammelt voll. Die Bedienung schleppte Halblitergläser Bier und Schnitzel in allen Variationen, Jäger, Zigeuner, Wiener, Natur, mit Pommes, Kroketten oder Spätzle. Von der Schönauerstraße, die hier ein Teil der Bundesstraße war, dröhnte der Verkehr herüber. Die Touristen schien es nicht zu stören. Eduard Auerbach brummte nicht nur davon der Kopf. Er bestellte einen Kaffee. Die letzte Nacht saß ihm noch in den Knochen. Er war gerade wieder auf der Wache angekommen, als ein Autodiebstahl gemeldet wurde. Die Geschichte hatte fast den Rest der Nacht gedauert. Einem Schweizer Ehepaar war der BMW geklaut worden. Die beiden hatten sich fürchterlich aufgeregt, sogar in der Bonner Botschaft wollten sie anrufen. Schließlich hatte Auerbach sich Luft gemacht. So eine Aufregung wegen eines Autos, das überdies aus Deutschland stamme. Im Herbst kämen die Schweizer in Massen in den Schwarzwald und klauten deutsche Pfifferlinge. Geradezu mafiöse Strukturen hätten die Herren Eidgenossen da. Mit Funkgeräten durchkämmten sie systematisch die Wälder und stahlen deutsche Pilze. Nachdem Auerbach das losgeworden war, wollte das Ehepaar seinen Vorgesetzten anrufen. Zum Glück ging niemand ans Telefon. Auerbach hatte ihnen die falsche Nummer gegeben. Als die Schweizer endlich Ruhe gaben, war die Nacht endgültig im Eimer. Um sechs Uhr löste ihn dann Bernauer ab, aber an Schlaf war nicht zu denken.

Endlich kam der Kaffee. Auerbach süßte und rührte in der schwarzen Brühe. Irgendwie mußte er die Leiche loswerden

- und zwar schnell. Sie konnte nicht ewig im Kofferraum liegen bleiben. Hetti würde den Wagen haben wollen. Was war, wenn sie Sprudel oder Bier kaufte? Sie kriegte garantiert einen Infarkt, wenn sie den Toten fand. Selbst wenn er ausnahmsweise selbst einkaufen ging - bei der Hitze fing die Leiche sicher bald an zu stinken. Vielleicht, überlegt er, könnte ihm sein Schwager helfen (der mit dem Topinambur), der Jossi war Bauer - Landwirt hieß das heute - und hatte eine Häckselmaschine. Die könnte er sich leihen und die Leiche zerkleinern. Aber was war, wenn die Maschine dabei kaputt ging? Das ging ins Geld, er mußte sich ohnehin dauernd das Gejammer anhören, wie schlecht es um die Bauern im Schwarzwald stand. Europa, Subventionen, der Umweltschutz, das ganze Elend. Und sicher würde Jossi fragen, wozu er denn bei seinem winzigen Vorgarten eine Häckselmaschine ... nein, die Idee war gut, aber nicht zu machen. Am besten suchte er sich eine stille Gegend im Wald und vergrub die Leiche irgendwo weit ab von den Wanderwegen im Unterholz. Auerbach seufzte und nahm einen Schluck Kaffee. Die Schlepperei würde eine einzige Quälerei werden.

„Ah, der Edi." Der Wirt vom Feldberg legte ihm die Hand auf die Schulter.

„Hans," grüßte Auerbach lasch und legte den Finger an die Mütze. „Ich geh dann."

„Dein Kaffee, Herr Wachtmeister," sagte der Wirt lachend.

„Schreib halt an!" Auerbach war schon auf der Straße. Er lief ein Stück die Schönauerstraße und bog dann ab in die Friedrichstraße. Im Fenster der Apotheke hing ein Plakat, das für einen Theaterabend in der Silberberghalle warb. Das Freiburger Theater spielte Kleists „Der zerbrochene Krug". Vor der Kirche saßen unter bunten Sonnenschirmen ein paar Touristen. Gleich gegenüber war die Wache. Auerbach kaufte eine BILD, las die Überschriften und ging zum Parkplatz an der Kurverwaltung, wo er seinen Wagen abgestellt hatte.

Auf dem Parkplatz faltete er die Zeitung sorgfältig zusammen. Himmelherrgott, wo war denn jetzt wieder sein Wagen? Auerbach tastete die Jacke ab nach seiner Brille. Die lag da, wo sie hingehörte, im Handschuhfach. Mit zusammengekniffenen Augen lief er die einzelnen Reihen der parkenden Autos ab. Nichts, von seinem Audi weit und breit keine Spur. Der Wagen war einfach weg. Auerbach knallte die Zeitung auf den Boden und trampelte fluchend auf ihr herum. Eine erschreckte Mutter, die gerade aus ihrem Wagen stieg, nahm ihr Kind an der Hand und lief an ihm vorbei. Scheiße! Scheiße! Scheiße! Man hatte seinen Audi geklaut. Und im Kofferraum lag die Leiche.

„Ich bin's, Bub. Dein Vater." Auerbach blockierte seit zehn Minuten die Telefonzelle vor der Post. So lange hatte es gedauert, bis sein Filius endlich an den Apparat gekommen war. „Glaubt du, ich habe ewig Zeit?"

„Ich war beim Blasen." Thomas Auerbach schien die Ruhe selbst. Seine Stimme klang, als könnte ihn nichts aus der Bahn werfen. Vater Auerbach sah das anders. Der Junge war nicht ruhig, er kam auf seine Mutter und war ein Stoffel. Auf den zweiten Blick entpuppte sich seine Gelassenheit als schlichtes Nichtbegreifen.

„Ich habe doch gesagt, es ist dringend." Auerbach mußte sich Mühe geben, nicht zu schreien. Er trug Uniform und vor der Telefonzelle hatte sich eine kleine Schlange gebildet.

„Ja." Thomas hatte die Ruhe weg.
„Junge, hör zu, du mußt mir helfen."
„Ja."
„Mein Auto ist geklaut. Du mußt mich abholen und mit mir den Wagen suchen."
„Das ist gut," feixte Thomas, „der Polizei den Wagen klauen."
„Nicht den Peterwagen, meinen Audi."
Thomas schwieg. Er schien zu kapieren. Nach einer Weile sagte er: „Dann nimm doch den Peterwagen und such."
„Hör zu, ich kann dir das jetzt nicht erklären, aber es geht nicht."
„Warum nicht?" wollte Thomas wissen.
Langsam wurde es Auerbach zu viel. Seine Stimme wurde lauter: „Weil es unmöglich ist. Und jetzt setz deinen Arsch in Bewegung und hol mich ab. Ich warte an der Post." Auerbach knallte den Hörer auf die Gabel.
Eine Stunde später tauchte Thomas endlich auf. Auerbach ließ sich auf den Beifahrersitz seines Kadetts fallen. „Himmel, Arsch und Zwirn, das hat ja gedauert," schnauzte er.
„Wir hatten Vorführung, da kann ich nicht einfach abhauen." Thomas Auerbach war Glasbläser und arbeitete im Glasbläser Hof in Aftersteg. Zu seiner Arbeit gehörte es, den Touristen das Handwerk des Glasblasens vorzuführen. Mit hochrotem Kopf stand er vor dem glühendheißen Schmelzofen und blies mit dicken Backen in ein Rohr, an dessen Ende ein roter Klumpen Glas hing. Staunend und schwitzend beobachteten die Touristen, wie dieser Bär von einem Mann das glühende Glas in winzige Vasen, Glastiere und bunte Kugeln verwandelte. Seinem Vater war das alles mehr als suspekt. Seiner Meinung nach paßte Thomas in die Glasbläserei wie der Elefant in den Por-

zellanladen. Alles an dem Jungen war zu groß geraten. Knapp 1, 95 Meter groß, hatte Thomas Hände wie Schaufeln und ein Kreuz breit wie ein Kleiderschrank, auf dem fast ansatzlos der kugelrunde Kopf mit den wenigen stoppelkurzen Haaren saß. Aus Auerbachs Sicht hatte Thomas von ihm eigentlich nur die typische dunkle Hautfarbe des Schwarzwälders, die braunen Augen und die frühe Neigung zum Haarausfall geerbt. Ansonsten war ihm sein Sohn ein Rätsel. Das fing mit der Kleidung an. Meist trug Thomas fast das ganze Jahr über nur ein T-Shirt, kurze Hosen und Wanderschuhe. Und auch wenn Thomas behauptete, er laufe so nur wegen der Hitze am Glasofen herum, fand Auerbach den Aufzug doch höchst unpraktisch, denn Thomas hatte Arme und Beine übersäht mit kleinen Brandnarben. Überhaupt, die Glasbläserei. Kräftig wie der Bub war, hätte er eigentlich dem Vater folgen sollen und zur Polizei gehen. Aber Thomas hatte die Aufnahmeprüfung nicht geschafft und so seinen Berufswunsch schließlich durchgesetzt. Warum Thomas die Prüfung vermasselt hatte, darüber war sich Auerbach nie klar geworden. Meist neigte er dazu, es für Dummheit zu halten, manchmal hatte er Thomas allerdings auch in Verdacht, sich mit Absicht doof zu stellen.

„Und jetzt, Pa?"

„Jetzt suchen wir mein Auto?"

„Wo?"

Die Frage war berechtigt. Auerbach mußte sich gestehen, daß er keine Ahnung hatte. „Vorhin stand er auf dem Parkplatz," sagte er. „Ich hab einen Kaffee beim Feldberg Wirt getrunken. Und als ich zurückkomme, ist der Wagen weg."

Thomas nickte. „Du kannst doch einfach nach ihm fahnden lassen."

Auerbach schüttelte den Kopf. „Auf keinen Fall. Das ist nicht so einfach, wie du denkst. Die Kollegen lasse ich da besser aus dem Spiel. Es geht,“ er stockte, „also es geht sozusagen um höhere Interessen.“

„Verstehe,“ murmelte Thomas und ließ den Motor an.

Auerbach schloß die Augen. Was verstand der Junge da? Er verscheuchte den Gedanken, daß er von der Leiche ... ach was! Thomas verstand gar nichts, wie immer. „Gut, dann fahren wir mal,“ er überlegte kurz, „dann fahren wir mal zum Feldberg.“

Thomas wendete und fuhr Richtung Bundesstraße. „Wir haben drei Möglichkeiten,“ erklärte Auerbach, „entweder die Diebe sind das Wiesental rauf oder runter oder Richtung Freiburg zum Schauinsland hoch. Keine Ahnung. In Todtnau sind sie sicher nicht, das wäre zu riskant. Irgendwo müssen wir anfangen. Also fahr zum Feldberg.“

Als es dunkel wurde, hatten die beiden fast eine komplette Rundreise durch den Südschwarzwald hinter sich. Den Feldberg, den Titisee und seine Goldküste, Löffingen, Bräunlingen, Hüfingen. Aus Donaueschingen hatte Auerbach zu Hause angerufen und erklärt, es werde später, er sei in einem Sondereinsatz. Zum Glück war Kevin am Telefon, der keine Fragen stellte. Sie hatten die Parkplätze an der Gauschach- und Wutachschlucht abgesucht, waren dann über Blumberg auf die B314 gefahren, weiter über Stühlingen und Waldshut Tiengen nach Laufenburg.

Thomas war bester Laune. Fast die ganze Fahrt über erzählte er. Auerbach hörte kaum zu und brütete vor sich hin. Der größte Teil der Geschichten aus dem Glasbläser Hof, vom Scheibenschlagen bei der letzten Fasnet und aus dem

Schwarzwaldverein ging an ihm vorüber. Hellhörig wurde er nur einmal, als Thomas sich ausgiebig über das Schicksal von Schloßbauers Vefele ausließ. Das Mädchen bekam ein Kind von einem gewissen Brönner, angeblich Vertriebsleiter Süd einer Mannheimer Versicherungsgesellschaft. Kurz, der Mann war Vertreter, hatte das Vefele geschwängert und war danach abgehauen. Der alte Schloßbauer erstattete also Strafanzeige bei der Polizei wegen Heiratsschwindelei. Auerbach hatte die Anzeige aufgenommen. Was ihn ärgerte war, daß Thomas davon wußte. Der alte Schloßbauer hatte um strengste Diskretion gebeten. Und tatsächlich hatte Auerbach nur Hetti, Monika und der Wassmerin unter dem Siegel der Verschwiegenheit von der Sache erzählt. Jemand mußte also geredet haben. Für Thomas war die Sache klar: „Die kriegt keinen mehr mit dem Balg." Das Vefele hatte die Konsequenzen gezogen. Sie war nach Freiburg. Dort ging sowas glatt durch. In Bad Säckingen nahmen sie in der Nähe vom Fridolinsmünster einen Imbiß und vertraten sich nach der langen Autofahrt die Beine. Auf der berühmten gedeckten Holzbrücke über den Rhein war auch nach Einbruch der Dämmerung noch jeden Menge los. Der kleine Grenzverkehr mit dem neutralen Ausland brummte. Auerbach lehnte am Geländer und sah in den Fluß. Ein Ausflugsboot tuckerte vorbei. Kinder winkten. Thomas winkte zurück.

Der Junge hatte keine Ahnung, wie das Leben wirklich war. Vor zwei Nächten hatte sein Vater einen Mann erschossen, in der letzten Nacht einen Touristen benutzt, um den Mord zu vertuschen. Gut, es war Notwehr gewesen, er hatte halt diesen Scheißfön im Dunkeln und ohne Brille für eine Waffe gehalten. Aber wer würde ihm jetzt noch glauben, selbst wenn er die Wahrheit sagte? Er konnte es drehen und wenden wie er wollte, er war am Ende. „Komm," sagte er, „laß uns zurückfahren." An einem Kiosk kaufte Thomas zwei Eis. „Magnum," betonte er. Aber Auerbach hatte keine Lust auf Süßes. Mit hängenden Schultern trottete er neben dem Eis schlotzenden Thomas zum Auto.

Die Heimfahrt ging durch den Hotzenwald. Je dunkler die Nacht und der Wald wurden, um so mehr verdüsterten sich Auerbachs Gedanken. In allen Einzelheiten malte er sich sein zukünftiges Schicksal aus. Erst würde man ihm die Uniform nehmen, dann die Pension, es folgten ein paar Jahre Gefängnis, und wenn er wieder frei war, konnte er unmöglich zurück nach Todtnau. So oder so, seinen Lebensabend würde er in Freiburg verbringen müssen, dabei hatte er alles nur gemacht, um genau das zu verhindern.

„Wir fahren nach Todtmoos," entschied er.

„Meinst du, das bringt noch was?" fragte Thomas.

„Ich will beten."

Thomas prustete los. Auerbach ließ ihn lachen. Darauf kam es jetzt auch nicht mehr an. Wenn überhaupt, dann konnten nur noch allerhöchste Instanzen helfen. In Todtmoos wurde seit dem 13. Jahrhundert zur Mutter Gottes gebetet. Die auf das Jahr 1268 zurückgehende Kirche war ein Wallfahrtsort, Unserer Lieben Frau geweiht. Jedes Jahr kamen ganze Pilgerscharen, um den Rosenkranz zu beten. Das galt vor allem in Notzeiten. In den Pestjahren und während des Dreißigjährigen Kriegs hatte Maria in Todtmoos Konjunktur. Wenn überhaupt, dann konnte die Königin der Engel Auerbach noch helfen. Gut, vielleicht wäre eine dem Heiligen Antonius geweihte Kirche besser gewesen, immerhin suchte er sein Auto, aber Maria würde es auch tun. Wenn sie es denn tat.

Thomas parkte am Kurpark. „Ich warte solange," meinte er. Auerbach stieg aus, überquerte die Straße, lief vorbei am Hotel Waldeck, das damit warb, daß alle Gerichte nur zehn Mark kosteten. Der Weg zur Kirche war steil, zum Teil gesäumt von hölzernen Devotionalienläden, in denen zur Pilgerzeit Heiligenbildchen und Rosenkränze verkauft wurden. Ein offene Vorhalle, das sogenannte Vorzeichen, durch deren Türen das Mondlicht fiel, schützte die von zwei Erzengeln bewachte Kirchentür vor Wind und Wetter. Auerbach rüttelte an der Klinke. Zu. Da war nichts zu machen. Langsam war er den Tränen nahe. Ihm wurde wirklich jeder Trost verwehrt. Er ging auf die Knie und lehnte den Kopf an die Tür. Lieber Gott, es klappt wirklich nichts. So kurz vor dem Ziel schienen sich alle Türen zu verschließen. Noch zwei Jahre bis zur Pension, und da tauchte dieser Irre mit dem Fön auf. Und als die Situation wieder halbwegs klar war, wurde das Auto geklaut. Und jetzt war auch noch die Kirchentür zu. Auerbach leierte ein Vaterunser. Dann raffte er sich auf und ging zurück zum Auto.

„Wie war's?" wollte Thomas wissen.

„Fahr einfach durch die Fußgängerzone, das geht schneller."

Jetzt kam es auch nicht mehr drauf an.

Im Mondlicht fuhr Thomas durch die winzige, verkehrsberuhigte Zone von Todtmoos, vorbei an Andenkenläden, Post und Cafés. Kein Mensch war zu sehen. Von der Kirche schlug es Mitternacht. Kurz bevor es zurück auf die Landstraße ging, lagen auf der linken Seite die Marienapotheke und Sparkasse, davor ein Parkplatz. Auerbach klappte der Kiefer runter. „Halt an!" schrie er und bekreuzigte sich. Auf dem Parkplatz stand einsam und verlassen sein Audi. Und zwar direkt

vor der Apotheke. Wenn das kein Zeichen war. Kein Zweifel war möglich. Das war sein Auto. Der Kofferraum war offen. Thomas starrte die Leiche mit offenem Mund an. „Der ist kaputt," mehr fiel ihm nicht ein.
Auerbach lief im Kreis um den Wagen. In seinem Kopf drehten sich die Gedanken. Wer hatte den Wagen geklaut? Was war passiert, nachdem der Dieb die Leiche gefunden hatte? War die Polizei alarmiert worden? War er einfach abgehauen? Das war ziemlich wahrscheinlich. Die Kollegen hatten wohl noch keine Meldung bekommen. Sonst wären sie schon lange hier. Wußte der Dieb vielleicht, daß ihm der Wagen gehörte? Würde er dann versuchen, ihn zu erpressen?
Thomas hielt ihn fest. „Wir müssen was tun, Pa."
Auerbach nickte, dann schüttelte er den Kopf. „Laß mich mal nachdenken." Wie sagte er seinen Kollegen immer: Es kommt darauf an, sich am Tatort einen präzisen Überblick zu verschaffen. Nicht den Kopf verlieren, sondern hochhalten. Er rüttelte an der Fahrertür. Sie klemmte etwas, war aber offen. Auerbach setzte sich und machte die Innenbeleuchtung an. Der Wagen sah ziemlich ramponiert aus, es roch nach Zigaretten, Bier und Fritten. Ein paar Dosen, Kippen und Papierschalen lagen auf dem Boden. In den Sitzbezügen waren Brandlöcher. Unter der Lenkkonsole hingen ein paar Drähte vor. Den Wagen hatte man kurzgeschlossen. Auerbach kramte den Schlüssel aus der Tasche und schaltete die Zündung ein. Öl, Batterie, alles okay. Der Tank war leer. Das warf ein neues Licht auf die Sache. Wahrscheinlich hatten die Täter, Auerbach war sich jetzt sicher, daß es mehrere waren, soviel Bier konnte kein einzelner Mensch trinken, wahrscheinlich hatten sie den Tank leer gefahren und im Kofferraum nach dem Ersatzkanister gesucht.

Dabei hatten sie die Leiche entdeckt und waren abgehauen. So, oder zumindest so ähnlich mußte es gewesen sein. Und die Polizei hatten sie sicher auch nicht benachrichtigt. Einerseits wäre er sonst schon lange verhaftet worden; andererseits rief man kaum bei der Polizei an und sagte, ich habe da einen Wagen gestohlen, da liegt aber ein Toter im Kofferraum. Das Einfachste war, man gab einfach Gummi, haute ab, suchte das Weite, machte sich aus dem Staub, verpißte sich möglichst gründlich. Ja, so war das wohl gelaufen. Auerbach hatte in den letzten vierzig Jahren zig solcher Fälle bearbeitet, auch wenn keine Leiche im Spiel gewesen war.

Er stieg wieder aus. Thomas stand in einer erleuchteten Telefonzelle auf der anderen Seite des Parkplatzes. Mit der einen Hand hielt er den Hörer, mit der anderen wühlte er in der Hosentasche. Auerbachs Nackenhaare sträubten sich. Er spurtete los und riß die Tür auf. „Laß das bleiben!“ Er griff nach dem Hörer und knallte ihn auf die Gabel. „Hast du schon angerufen?“

„Ich hab kein Kleingeld.“

Auerbach zog Thomas aus der Zelle. „Brauchst du auch nicht. Erstens ist das ein Kartentelefon. Und zweitens laß die Polizei aus dem Spiel.“

„Der Mann ist tot,“ entgegnete Thomas.

„Das weiß ich, Junge, das weiß ich.“

„Na also.“

„Nichts na also, die Sache liegt nicht so, wie du denkst.“ Auerbach holte tief Luft. „Was meinst du, warum ich den Peterwagen nicht genommen habe?“

Thomas kratzte sich am Kopf bis seine paar Haare senkrecht standen. Keine Antwort.

„Ich weiß, es sieht so aus, also ob ..."
Immer noch keine Antwort. Auerbach sah seinen Sohn an. Irgendwo da drin hatte sich ein Groschen gelöst, aber er war noch unterwegs. „Du meinst, die waren das nicht?"
„Wer? Die?"
„Na, die dein Auto geklaut haben."
„Nein, die waren das nicht." Auerbach trat von einem Bein aufs andere. „Die sind nur damit rumgefahren, bis der Tank leer war. Dann haben sie einen Ersatzkanister gesucht und den Kofferraum aufgemacht." Auerbach flüsterte fast nur noch.
„Dann lag also der Mann schon ..." Jetzt war der Groschen gefallen.
„Der lag schon drin, Junge, schon heute mittag."
Thomas hob instinktiv die Hände, als wollte er sich wehren. „Nein, nicht wie du denkst. Ich hab doch nur ..." Weiter kam er nicht. Thomas nahm seinen Vater und schüttelte ihn durch.
„Sag, daß du ihn nicht kaputt gemacht hast. Sag's! Los sag's!"
„Nein, Thomas, nein. Und jetzt laß mich los." Auerbach zog die Uniformjacke glatt. „Das ist eine verdammt komplizierte Angelegenheit."
„Sind das die höheren Interessen, von denen du heute mittag was gesagt hast?"
Auerbach konnte sich zwar nicht erinnern, daß er sowas gesagt hatte, aber der Junge hielt ihm einen rettenden Strohhalm hin. Also griff er danach. „Höhere Interessen, genau." Er nickte heftig. „Allerhöchste sogar." Auerbach pumpte sich auf. „Bonn und so. BND. BKA ..."
„Be Enn was?" Thomas kam nicht ganz mit.

„BND. Bundesnachrichtendienst. Spionage und solche Sachen. Und das BKA, also das Bundeskriminalamt, hängt da auch mit drin. Der Typ im Kofferraum ist ein Topspion, Deckname Bornemann. Keine Ahnung, wie er wirklich heißt. Jedenfalls, der Mann muß aus Deutschland weg. Am besten ins neutrale Ausland, in die Schweiz. Kurz und gut, da in Bonn macht man sich die Finger mit solchen Sachen nicht schmutzig. Da sucht man sich einen kleinen Beamten wie mich, der die Drecksarbeit erledigen kann. So sieht das aus, Junge!" Die Story war gut, ach was, die war besser, die war Spitze. Auerbach kriegte langsam wieder Oberwasser. Er kam richtig in Fahrt. „Na, und gestern taucht so ein BNDler namens Trenkler bei mir auf, sagt, wir haben eine Leiche, die muß rüber in die Schweiz. Was hab ich damit zu tun, sag ich ihm. Sagt er, das ist eine Sache von nationalem Interesse. Als Polizist geht sie das schon von Dienst wegen was an. Wenn rauskommt, daß der Mann, um den es geht, in Deutschland erschossen worden ist, haben wir sozusagen den nächsten kalten Krieg vor der Tür. Das ist auch Sache der Polizei. Da hat er recht. Und deswegen sind mir die Hände gebunden. Kurz und gut, daß ich die Leiche im Kofferraum hab, ist rein dienstlich."

„Und wieso dürfen dann deine Kollegen nichts davon wissen?"

„Thomas, solche Sachen sind top secret, das ist so geheim, da weiß garantiert nicht mal der Kanzler von. Die Kollegen haben keine Ahnung. An sich", er zog Thomas zu sich, „an sich bin ich zu strengster Verschwiegenheit verpflichtet. Und wenn jemals rauskommt, daß ich dir das jetzt erzählt habe, bin ich geliefert. Die machen keine Faxen, in den Kreisen gibt es nur endgültige Lösungen, wie du siehst." Er deutete auf seinen Audi. „Also psst..." Auerbach legte den Finger auf den Mund.

„Wie kommen die denn ausgerechnet auf dich?" Thomas hatte scheinbar die Geschichte noch nicht gefressen.

Auerbach zuckte nur mit den Schultern. „Das war eine lange Geschichte," die Auerbach selbst nicht kannte, „die erzähle ich dir später. Laß uns lieber hier verschwinden. Wenn uns jemand entdeckt, sind wir beide dran. Und in den Kreisen, in denen das alles abläuft, hilft dir kein Mensch. Da oben beim Kanzler wird die Luft dünn. Da heißt es nur noch, sollte was schieflaufen, müssen wir behaupten, sie nicht zu kennen. Genau das hat mir Trenkler gesagt. Wortwörtlich!"

„Du willst mir doch nicht erzählen, du bist so eine Art James Bond, oder?" Thomas sah seinen Vater hämisch an.

„Ich bin nur eine kleine Nummer in dem Spiel, gerade mal gut für die Drecksarbeit. Aber wenn was schiefgeht, bin einzig und allein ich dran, die Bosse machen sich die Finger dabei nicht schmutzig."

„Du meinst, du hast die Arschkarte gezogen?"

„Siehst du doch. Eine Leiche im Auto und nicht mal der eigene Sohn glaubt einem. Wenn deine Mutter davon erfährt, kriegt sie einen Infarkt."

„Dann laß uns mal an die Arbeit gehen." Thomas klopfte seinem Vater auf die Schulter und zog ihn zurück zum Audi auf der anderen Seite des Parkplatzes. Man konnte gegen den Jungen sagen, was man wollte, er war zwar ein bißchen beschränkt, aber ein gutes Herz hatte er. Für seine Mutter tat er alles.

„Was hast du vor?"

Thomas machte den Kofferraumdeckel zu. „Wir geben den zurück."
„Und wem, bitte?" Jetzt kam Auerbach nicht ganz mit.
„Na diesem Trenkler in Bonn."
Langsam kapierte Auerbach, was im Gehirn seines Sohnes vor sich ging. Der Junge wollte sozusagen sagen, sein Vater nähme den Job nicht an. „Hör mal, Junge, das ist keine so gute Idee. Glaubst du denn, der nimmt die Leiche einfach so zurück und sagt, kein Problem, Herr Auerbach, dann macht das eben ihr Kollege Karle. So einfach ist das nicht. Diese Typen sind nicht von hier, die sind aus einem anderen Holz. Knallhart sind die. Die werden einfach sagen, sie haben nie was von der Sache gehört. Und wenn wir großes Pech haben, rufen sie auch noch die Polizei an. Nein nein, laß uns lieber in die Schweiz."
„Auf keinen Fall, Vater!" Jetzt wurde Thomas plötzlich aufgeregt. „Die verstehen keinen Spaß im Kanton. Die nehmen dir ja schon den Lappen ab, wenn du mal ein bißchen schnell fährst. Wenn du denen einen Toten bringst, ich weiß nicht, was die machen."
„Sag mal, woher weißt du denn das mit dem Führerschein?" Auerbach musterte seinen Sohn. „Hast du mir da was nicht gesagt? Bist du etwa neulich so schnell aus Italien zurück, weil sie dir schon in der Schweiz den Führerschein ...?"
Thomas antwortete nicht, sondern sah zu Boden.
„Und dann fährst du mich hier rum!" Auerbach konnte nicht anders, er scheuerte seinem Filius eine.
„Aua!" Thomas hielt sich die brennende Wange.
„Du bist doch total bekloppt. Ohne Papiere unterwegs. Sei froh, daß ich dich erwischt habe. Beim Karle wärst du dran

gewesen.“ Auerbach biß sich auf die Zunge. Am liebsten hätte er den Jungen nach Strich und Faden zusammengeschissen. Aber das mußte er sich für später aufheben. Es war eh schon ein Wunder, daß seit zehn Minuten niemand vorbei gekommen war. Man mußte sein Glück nicht strapazieren. „Jetzt hol mir mal deinen Benzinkanister. Und dann laß uns verschwinden. Und zwar dalli.“

Eine Viertelstunde später lenkte Eduard Auerbach seinen Audi den Hochkopf hinauf, seinen Sohn Thomas im Schlepptau. Todtmoos-Weg hatten sie hinter sich. Langsam wurde Auerbach etwas ruhiger. Das flaue Gefühl, das ihn die ganze Zeit auf dem Parkplatz in Todtmoos begleitet hatte, ließ langsam nach. Vielleicht war es, weil alles nochmal gut auszugehen schien, vielleicht auch, weil er nicht mehr krampfhaft Geschichten erfinden mußte. Dabei war die Sache mit dem BND gar nicht schlecht gewesen. So dick, daß sie schon wieder wahr sein konnte, fand Auerbach. Jedenfalls hatte Thomas problemlos mit dem Benzin rausgerückt, die Elektrik des Audi notdürftig repariert und keine Fragen mehr gestellt. Ein einziges Problem gab es noch, das Auerbach beunruhigte: Wohin mit der Leiche? Er konnte sie nicht ewig im Kofferraum lassen. Wohin das führte, hatte er heute gesehen. Außerdem ließ sich der Kofferraum nicht mehr abschließen. Die Leiche mußte weg. Und zwar sofort.

Auf der Paßhöhe des Hochkopf hatte er die Idee. Thomas hatte recht. Man mußte Bornemann zurückgeben! Und zwar an den angeblichen BNDler Trenkler. Wenn er ihm die Leiche einfach in den Wagen setzte, und sie dort jemand fand, war er aus dem Schneider. Genau, Schneider. Wer würde Trenkler seine Geschichte schon glauben? Die Wahrheit wollte heutzutage niemand mehr wissen. Aber gut aufgetischte Lügen konnte man problemlos an den Mann bringen, auch wenn es nicht solche Stoffel wie Thomas waren. Man mußte nur an die Baubranche denken. Aber Trenklers Geschichte, er habe den Toten im Schrank gefunden, die Leiche sei von der Polizei heimlich abgeholt und dabei in den Langenbach geworfen worden, dann habe man sie im Kofferraum eines privaten PKWs abtransportiert und er habe sie schließlich in seinem eigenen Wagen gefunden - das war zwar alles wahr, aber glauben würde es kein Mensch. Und selbst wenn Trenkler ihn da rein zog, sein Name war Hase, er wußte von nichts. Nach vier unbescholtenen Dienstjahrzehnten würde ihm jeder glauben. So sah es aus. Das war die Lösung. Die Leiche ging zurück an Trenkler. Und gleich morgen früh würde er seinen Kollegen Karle zu einer kleinen Razzia in Muggenbrunn animieren.

An der Ortseinfahrt von Präg hielt Auerbach an. Er winkte Thomas zu sich heran.

„Ich glaube, du hast recht gehabt, Thomas. Ich sollte die Sache zurückgeben."

„Und wie willst du das machen, bitte?" Thomas sah seinem Vater an.

„Dieser Trenkler ist noch in Muggenbrunn. Wir legen ihm die Leiche in den Kofferraum. Ich denke, er wird verstehen, daß ich den Job dann nicht annehme."

„Und du meinst, das geht, Pa?"

„Wenn du mir hilfst, den Kofferraum aufzumachen, geht das. Wenn nicht ... Mutter wird nicht sehr begeistert sein."

Thomas wischte sich mit der Hand über die Augen. „Klar, Pa."

Sein Vater mußte ein Grinsen unterdrücken.

In Muggenbrunn war es um ein Uhr in der Nacht totenstill. Die beiden Gasthöfe und das Café hatten geschlossen, die Touristen schliefen schon, die Einheimischen sowieso. Hin und wieder fuhr ein Wagen durchs Dorf. Trenklers Golf stand nicht vor dem Engel, obwohl es freie Parkplätz gab. Auerbach fand den Wagen auf dem Parkplatz beim Tennisplatz. Während Thomas sich am Kofferraum des Golf zu schaffen machte, genehmigte sich Auerbach den ersten Topinambur des Tages. Langsam entspannte er sich. Thomas machte ein Zeichen. Der Kofferraum war offen. Auerbach deutete mit dem Daumen zum Heck seines Wagens. Das sollte der Bub alleine machen. Stark genug war er. Er sah Thomas zu, wie er die Leiche über den Parkplatz schleppte und sie in den Golf stopfte. Thomas hatte reichlich Mühe damit, denn während die Leiche im Audi noch einigermaßen Platz gehabt hatte, war es in dem Kofferraum des Golf reichlich eng. Als der Junge sie endlich drin hatte, winkte er ihn zu sich heran. „Du fährst jetzt am besten heim. Wenn dich jemand fragt, wo du gewesen bist, sag halt, wir wären zusammen unterwegs gewesen, ich hab ja angerufen in der Glasbläserei."
Thomas zog die Nase hoch.
„Dann fahr jetzt. Und denk daran, kein Wort, auch nicht zu Mutter. Wenn du nix sagst, frag ich vielleicht auch nicht nach deinem Führerschein."
„Kein Wort, Pa. Du kannst dich auf mich verlassen." Thomas lief zu seinem Wagen.
Auerbach wartete, bis er abgefahren war. Dann nahm er noch einen großen Schluck. Er hatte genug für diesen Tag. Karle würde sich morgen Trenkler vornehmen. Und um Thomas und seinen Führerschein konnte sich Kollege Bernauer kümmern. Irgendwie würde er das alles schon drehen und die Finger sauber behalten.

7.

Der Knöpflesbrunnen war eine typische Hüttenwirtschaft, benannt nach der Hochweide, auf der sie gelegen war. Ein einfaches Haus ohne Strom, das Wasser kam aus dem Brunnen, gekocht wurde auf dem Holzofen. Im Sommer, und nur dann war die Wirtschaft geöffnet, saßen die Gäste, Wanderer zumeist, auf einfachen Stühlen und Holzbänken unter bunten Sonnenschirmen vor dem Haus; bei Regenwetter ruhte man sich auf den Holzbänken im Gastraum aus. Gereicht wurde Hausmannkost, auf der Karte standen Suppen und Eintöpfe, Wurstsalat und Vesperteller. Dazu trank man einen schlichten Gutedel aus dem nahen Markgräfler Land oder Bier.

Tassilo Trenkler schloß die Augen und lehnte den Kopf in den Nacken. Er atmete tief durch. So hatte er sich seinen Urlaub im Schwarzwald eigentlich vorgestellt. Wandern im Sonnenschein, unterwegs in Feld und Tann, ein Bierchen zischen dann und wann. Der Schwarzwald hätte so schön sein können, wären da nicht die Ereignisse der vorletzten Nacht gewesen. Der Tag danach war kaum besser gewesen. Den ganzen Vormittag hatte er auf den Polizisten gewartet, um das Protokoll zu unterschreiben. Aber der Polizist war nicht gekommen. Am Mittag hatte er sich mit seiner Wirtin wegen einer Tomatensuppe dermaßen zerstritten, daß er schließlich den Engel verlassen hatte. Sein Umzug in eine nahe Ferienwohnung war allerdings auch kein reiner Erfolg. Die Wohnung selbst war schön, Küche, Bad, Wohn- und Schlafzimmer, alles in Holz und sogar mit Herrgottswinkel über der Eckbank; nur der Vermieter war eine Nervensäge. Dreimal hatte Herr Sum schon am ersten Nachmittag geklingelt.

Tassilo möge nicht über den Rasen gehen, das schade dem Bewuchs, dabei war der angebliche Rasen kaum mehr als eine Wiese; dann gab es Probleme mit dem Parkplatz, angeblich war Herr Sum von einem Bauern angepöbelt worden, seine Gäste würden den Zugang zu den Wiesen versperren, dabei war den ganzen Tag kein Bauer vorbeigekommen, Tassilo hatte nämlich vor der Wohnung in der Sonne gesessen, aber auch das war ihm schließlich verboten worden, der Liegestuhl ruiniere den „Rasen", behauptete Sum. Immerhin war die Nacht ruhig gewesen. Tassilo hatte an Juliane geschrieben, war so seiner Verzweiflung Herr geworden, und als am nächsten Vormittag der Polizist immer noch nicht bei ihm aufgetaucht war, entschloß er sich zu einer Wanderung. Im Dorfladen von Muggenbrunn, in dem ein einarmiger, älterer Herr bediente, wurden nicht nur Busfahrten in die nahe Schweiz und an den Bodensee vermittelt, es gab neben Kuckucksuhren, der BILD und Püppchen mit Bollenhüten auch Wanderkarten. Ausgerüstet mit einem Wanderführer durchs Todtnauer Ferienland, einem Paar fester Schuhe, Sonnenhut, Bermudas und T-Shirt nahm Tassilo sich den Weg zum Knöpflesbrunnen vor. Die Strecke führte ihn zunächst durch die Ausläufer von Muggenbrunn, dann leicht ansteigend in den Wald hinein zum Dachsrain hinauf; der Karte entnahm er, daß er sich auf einem sogenannten Höhenzugangsweg befand, kenntlich gemacht durch eine blaue Raute auf weißem Grund.

Mit Hilfe dieser bunten Parallelogramme hatte der Schwarzwaldverein fast jeden Meter im Wald markiert. 1900 hatten fleißige Männer zunächst rote Rauten an die Bäume zwischen Pforzheim und Basel genagelt. Der rund 280 Kilometer lange

Westweg war geboren. Drei Jahre später wurden zwei weitere Nord-Süd Verbindungen angelegt, der Mittelweg und der Ostweg. Von West nach Ost führte der Querweg von Freiburg zum Bodensee. Inzwischen glich das Wegesystem einem Labyrinth. Vor allem an den Kreuzungen gab es kaum eine Tanne ohne Raute. Der Wanderer hatte die Wahl zwischen roter Raute auf weißem Grund (Westweg) und rot-weißer Raute auf gelbem Grund (Querweg), es gab eine blaue Raute auf weißem Grund (Höhenzugangsweg), eine blaue Raute mit Querstrich auf weißem Grund (Verbindungsweg zwischen den Höhenwegen), ein grünes „F" (der Naturpfad Feldberg) und ein ziemlich unbeschreibliches Gebilde aus einem roten Querstrich, einem Baum und der Aufschrift „HW3" das den Main-Neckar-Rhein-Weg kennzeichnete. Böse Zungen behaupteten, der Schwarzwaldverein habe nur deshalb eine Millionen Mitglieder, weil automatisch jede Tanne in den Verein aufgenommen werde, an die man ein Wegzeichen genagelt habe. Jedenfalls, wenn man sich im Schwarzwald verlaufen wollte, tat man gut daran, sich an den Wegweisern des Schwarzwaldvereins zu orientieren.

Tassilo folgte der blauen Raute auf weißem Grund. Vom Dachsrain aus ging es weiter durch den Hochwald über die Laile- und die Grabener Höhe. Der Knöpflesbrunnen selbst lag auf einer Hochweide, der Weg ging in sanften Schwüngen bergab, hinter einigen Tannen fand man schließlich nach einer Biegung das Gasthaus.

Hier saß Tassilo Trenkler also in der Sonne, hatte mit Hunger eine Erbsensuppe verzehrt und ein großes Bier getrunken, und dann ausgiebig seine Wanderkarte studiert. Der Wanderführer empfahl den Rückweg über Todtnau. Von dort aus

könne man den Bus nehmen. Aber Tassilo verspürte wenig Lust, zu einer weiteren Busfahrt. Immer noch brannte ihm der Nacken von dem Sonnenbrand, den er sich beim Warten auf den Bus in Hofsgrund geholt hatte. Wer weiß, wie lange man in Todtnau auf einen Bus nach Muggenbrunn warten mußte. Nein, da wollte er lieber gleich laufen. Ein Rundweg führte vorbei an einem Bergwerk namens „Finstergrund“. Das Bergwerk war zwar angeblich zu besichtigen, schien also harmlos, aber Tassilo wollte lieber darauf verzichten, auch nur in die Nähe dieses Lochs zu kommen. Wer weiß, was man dort alles fand, wenn hier sogar in harmlosen Kleiderschränken Leichen standen. Und soweit Tassilo sich erinnerte, war Grimmelshausens Simplicius ausgerechnet im Schwarzwald ins Zentrum der Erde gefahren. Also Vorsicht!
So kam es, daß Tassilo noch einen Abstecher zum nahen Tannharzfelsen machte, einem Aussichtspunkt, den Rundblick genoß, in einen Kuhfladen trat, und dann genau den Weg zurück lief, den er gekommen war.
Als er in Muggenbrunn ankam, war es drei Uhr am Nachmittag. Das Dorf lag in der hochsommerlichen Hitze wie ausgestorben. In der Ferne donnerte hin und wieder ein LKW über die Landstraße. Man hörte einen Bach plätschern, die Grillen zirpten, am Hang des Franzosenbergs bimmelten die Schafe mit ihren Glocken. Einmal bellte ein Hund. Nach fünf Kilometern Fußmarsch in der Mittagssonne hatte Tassilo Durst. Zum Einkaufen war er noch nicht gekommen, aber im Kofferraum seines Wagens hatte er immer eine Flasche Mineralwasser liegen. Das würde jetzt zwar lauwarm sein, aber gegen den Durst half es allemal. Und von den zahlreichen Brunnen, die nicht nur in Muggenbrunn, sondern in fast allen

Schwarzwaldorten herumstanden, wollte Tassilo lieber nicht trinken. Wer weiß, was man sich da alles einfing. Kein vernünftiger Europäer würde aus der Dorfbrunnen eines afrikanischen Krals trinken. Warum sollte man es ausgerechnet im Schwarzwald tun?

Sein Golf stand einsam und allein auf dem Parkplatz von Muggenbrunn. Der Wagen glühte regelrecht in der Sonne. Irgendwie roch er auch komisch. Tassilo rümpfte die Nase und steckte den Schlüssel ins Schlüsselloch des Kofferraums. Seltsam? Hatte er nicht abgeschlossen? Er klappte die Tür hoch und eine Welle fauliger Luft schlug über ihm zusammen. Tassilo würgte und sah die Leiche, die verkrümmt und verrenkt in seinen Kofferraum gequetscht war. Das war der Mann, der in seinem Schrank Kopfstand gemacht hatte.

Tassilos Adrenalinspiegel machte einen Satz nach oben. Er knallte den Kofferraum wieder zu. Hier stimmte etwas nicht, und zwar ganz gewaltig. Angefangen bei der Tatsache, daß Tote in Hotelschränken ungewöhnlich waren, dann dieser seltsame Polizist, der sich nie wieder hatte blicken lassen - und als Höhepunkt verweste jetzt der Tote in seinem Kofferraum. Tassilo marschierte zu Muggenbrunns einziger Telefonzelle, die neben dem Parkplatz an der Kurverwaltung stand. Er wählte die Nummer der Polizei.

„Polizei Todtnau," kam es aus dem Hörer, „Wachtmeister Auerbach."

„Studienrat Trenkler!" schnauzt Tassilo in die Muschel. „Hören Sie, Herr Auerhahn oder wie immer Sie heißen, ich weiß ja nicht, wo ich da wirklich gelandet bin, aber wenn es doch die Polizei sein sollte, dann gute Nacht Deutschland!"

„Einen Augenblick bitte.“ Die Stimme aus dem Telefon war ganz förmlich. Es knackte, dann war die Leitung für eine Weile tot. Nach einem erneuten Knacken dann wieder „Bach, Herr Trenkler, Auerbach, nicht Hahn.“ Jetzt war die Stimme nicht mehr so förmlich. Eher im Gegenteil. „Gut, daß Sie anrufen. Sehr gut sogar. Ich habe schon überlegt, ob ich nach Ihnen fahnden lassen soll. Im Engel hieß es, sie seien plötzlich abgereist. Ihre neue Adresse haben Sie ja nicht gesagt. Sowas kann man verdammt leicht als Fluchtversuch auslegen. In Tateinheit mit Mord ist das so gut wie ein Geständnis, Herr Trenkler.“

Stimmt, das mit der neuen Adresse hatte Tassilo glatt vergessen. Jetzt fiel es ihm ein. Nach seinem Streit mit der Wirtin hatte er den Engel verlassen, ohne seine neue Adresse zu hinterlassen. Das stellte die Dinge natürlich in ein anderes Licht. Die Polizei hatte sich gar nicht bei ihm melden können. Trotzdem. Die Sache mit dem Toten stank zum Himmel. Im wahrsten Sinne des Wortes. Er hatte den Verwesungsgeruch immer noch in der Nase.

„Wenn ich geflohen wäre, würde ich wohl kaum bei Ihnen anrufen,“ patzte Tassilo in den Hörer und meldet dann: „Er ist wieder da.“

„Wer?“ Der Wachtmeister kam wohl nicht ganz nach.

„Na, der Tote aus dem Schrank. Er liegt halb verwest bei mir im Kofferraum.“

Keine Reaktion.

„Hören Sie mich, Herr Auerbach?“

„Ja, ja.“

„Ich sagte, der Tote liegt bei mir im Auto.“ Tassilo wurde etwas laut.

Wieder Schweigen. Tassilo ging langsam die Luft aus. Was sollte er denn noch sagen, er hatte sich doch klar ausgedrückt.

Dann endlich sagte der Wachtmeister was. „Das ist ja erfreulich."

Tassilo schnappte nach Luft. „Erfreulich nennen Sie das? Das ist alles andere als erfreulich. Ein Skandal ist das. Das stinkt zum Himmel. Und zwar gewaltig."

„Herr Trenkler," Auerbachs Stimme wurde ganz leise, „ich kann hier am Telefon nicht reden. Nur soviel. Die ganze Angelegenheit, in die Sie da geraten sind, ist hochexplosiv. Was glauben Sie, warum die Leiche bei Ihnen im Kofferraum liegt?"

Tassilo zuckte mit den Schultern.

„Ich sag es Ihnen. Weil Sie uns geklaut worden ist."

„Sie ist was?"

„Sie ist uns gestohlen worden. Ich weiß, es klingt unglaublich, aber glauben Sie mir, es ist wahr. Sie und ich, wir sind da in eine Sache geraten, die größer ist als wir beide. Das ist ein Ding, da ist die RAF eine Krabbelgruppe dagegen. Aber mehr will ich Ihnen jetzt gar nicht sagen. Ich muß befürchten, daß ich auf der Wache beobachtet werde. Und das Telefon wird garantiert auch abgehört."

Tassilo hatte einige Mühe die Geschichte zu verdauen. Auerbachs Geschichte war völlig absurd, die Leiche aus der Polizeiwache geklaut, irgendwelche Dunkelmänner, die ihn abhörten, das war so bescheuert, sowas konnte man kaum erfinden, jedenfalls nicht, wenn man jemanden belügen wollte. Lügen gaben sich meist Mühe, plausibel zu klingen. Er kannte das von seinen Schülern, die hatten den Bus verpaßt, der Wecker war kaputt oder das Auto ihres Vaters war nicht angesprungen, wenn sie schlicht blau gemacht hatten. Was Auerbach erzählte, war so dick, das konnte gar nicht mehr gelogen sein. „Und jetzt?“ fragte Tassilo.

„Natürlich muß die Leiche wieder zu uns. Aber das geht unmöglich hier bei mir auf der Wache. Wir müssen das unbedingt irgendwo anders machen, wo niemand uns beobachtet. Kennen Sie das Holzschlagbachtal?“

„Nein.“

„Wo sind Sie denn jetzt untergebracht?“

„In Muggenbrunn in der Franzosenbergstraße, die Ferienwohnung von Sums.“

„Na, das ist ja ideal,“ sagte Auerbach, „da sind Sie ja ganz in der Nähe vom Holzschlagbachtal. Das ist direkt bei Muggenbrunn. Wenn Sie zum Notschrei hochfahren, liegt auf der rechten Seite der Adler. Gegenüber führt ein Wanderweg ins Holzschlagbachtal. Das ist ausgeschildert, glaube ich.“

„Und weiter.“

„Wenn Sie ins Tal gehen, kommen Sie so nach einem Kilometer an eine Hütte, die liegt direkt am Weg, ist gar nicht zu verpassen. Da treffen wir uns.“

„Und was ist mit der Leiche?“

„Die bringen Sie mit. Ich würde sagen um Mitternacht.“

„Wenn Sie meinen.“ Tassilo war das alles immer noch ziemlich suspekt, andererseits, was sollte er machen? Einen Versuch wollte er noch starten. „Kann ich denn vielleicht mal einen Ihrer Kollegen sprechen. Ich meine, das ist schon ein dickes Ding, was Sie mir da erzählen.“

„Ich kann Sie ja verstehen, Herr Trenkler,“ Auerbachs Stimme klang gequält, „aber haben Sie einfach Vertrauen. Ich kann

Ihnen nur noch einmal sagen, das alles ist größer als wir beide. Denken Sie an den Inhalt Ihres Kofferraums."

„Unter einer Bedingung."

„Und die wäre?"

„Ich kriege von Ihnen ein Protokoll, daß ich mit der ganzen Sache nichts zu tun haben. Sie müssen nichts erfinden, da braucht nur die Wahrheit drin zu stehen, daß ich die Leiche gefunden habe, bei der Polizei gemeldet und so weiter. Nur die Tatsachen, daß jedenfalls klar ist, ich habe damit nichts zu tun."

„Kein Problem, Herr Trenkler. Kein Problem."

„Mit Stempel von der Polizei."

„Aber sicher. Ich bringe Ihnen das heute abend mit."

„Also gut. Um Mitternacht." Tassilo legte auf. Wenn er das Schreiben hätte, wäre er die Leiche los und aus dem Schneider. Dann könnte er dieses Scheißmuggenbrunn verlassen und morgen kam Juliane.

Ein fetter Mops schnüffelte am Kofferraum seines Wagens herum. Tassilo nahm einen Stock und warf ihn nach dem Köter. Das Vieh dachte nicht daran, abzuhauen. Es wedelte freudig mit dem Stummelschwanz und brachte Tassilo den Stock zurück.

8.

„Karle!!!" Eduard Auerbach brüllte so laut ins Funkgerät, daß es auch ohne Kurzwellen noch draußen auf der Straße zu hören war. Endlich meldete sich sein Kollege Sepp Karle, 55 Jahre alt und seit den frühen Sechzigern Polizist in Todtnau. Karle kannte Auerbachs Anfälle und hatte es nicht eilig.

„Was issn, Edi?" krächzte es aus dem Lautsprecher vor Auerbach.

Auerbach lief so rot an, daß ihm die Adern fast zu platzen schienen. „Was los ist, du Knalltüte? Hab ich dir nicht gesagt, du sollst heute jeden verdammten PKW untersuchen, der in Muggenbrunn rumsteht"

„Was glaubst du eigentlich, was ich gerade mache?"

„Was soll das jetzt heißen?"

„Ich stehe hier in Muggenbrunn und untersuche."

„Und mit welchem Ergebnis?" Auerbach nahm einen Schluck Mineralwasser, lockerte die Dienstkrawatte und machte den obersten Hemdknopf auf.

„Bei zwei Benz war der TÜV abgelaufen. Und dann bin ich auf einen ganz dicken Hund gestoßen. Vorm Adler. Ein alter VW-Bulli aus Polen. Bis obenhin voll mit Marlboros. Und alle ohne Steuerzeichen. Moment mal." Es knackte in der Leitung, für einen Augenblick war es still.

Auerbach kratzte sich am Bauch. Das war ein Ding! Zigarettenschmuggel in seinem Revier.

Karle aus dem Funkgerät meldete sich zurück. „Da bin ich wieder. Hörst du mich, Edi?"

„Roger, Sepp. Ich höre. Und was hast du unternommen?"

„Na, Meldung gemacht. Bernauer meinte, da müssen die Frei-

burger ran. Du warst ja nicht da."
Auerbach brummelte Unverständliches ins Mikrophon. Nach der langen Nacht, in der er auf der Suche nach seinem Audi gewesen war, hatte er sich den Vormittag frei genommen.
„Habt ihr sonst noch was gefunden?" fragte er.
„Nein, du weißt ja wie sie sind. Wenn einmal die Herren Kollegen aus Freiburg mit dabei sind, wird es kompliziert."
„Gut, dann mach fertig und danach seht ihr euch die restlichen Autos an."
„Das wird wohl nichts mehr. Wir warten auf einen der Polnisch spricht. Und um fünf hab ich dann Feierabend."
„Dann soll Bernauer weitermachen," schnauzte Auerbach ins Mikrophon.
„Der hat heute abend Lehrgang."
„Himmel, Arsch und Zwirn!" Auerbach stellte das Funkgerät ab.
Damit war sein Plan gescheitert, Trenkler auffliegen zu lassen. Den Versuch, durch die mitternächtliche Übergabe der Leiche Zeit zu gewinnen, konnte er ebenfalls vergessen. Er mußte die Dinge selbst in die Hand nehmen. Eine endgültige Lösung mußte her.
Sein Blick blieb an dem Geweih hängen, daß ihm die Kollegen zum 30jährigen Dienstjubliäum geschenkt hatten. Das war's! Nur ein toter Trenkler war ein guter Trenkler. Wenn jemand den Mann erschoß, konnte er nicht mehr gefährlich werden. Nur, wer sollte dieser jemand sein? Wenn überhaupt, dann käme höchstens Kevin in Frage. Dem könnte man erzählen, es sei ein Ädventscher-Spiel. Dumm genug war der Bub und Hauptsache, es wurde geballert und das Blut floß, dann war er dabei. Aber der Aufstand, den die an-

geblich so besorgte Mutter Monika machen würde, sollte Kevin jemals von dem Spiel erzählen ... Nein, nein, da mußte er wohl selbst ran. Aber wie sollte das gehen? Er konnte schlecht sagen, er habe Trenkler für einen Hirsch gehalten. Also einfach erschießen und dann abhauen. Das hätte natürlich eine Ermittlung zur Folge, Kripo und der ganze Pipapo. Immerhin war da noch die zweite Leiche. Bei der Untersuchung würde rauskommen, daß die nicht mehr ganz frisch war. Da hatte man also einen Mann erschossen, der eine angegammelte Leiche durchs Holzschlagbachtal schleppte. Man würde sich logischerweise fragen, warum macht das einer. Und die Antwort darauf war eindeutig: weil er den Mann ermordet hat. Das war schon klasse. Auerbach grinste in sich hinein. Damit wäre er die erste Leiche los.
Aber was war mit der zweiten Leiche? Wer sollte Trenkler um die Ecke gebracht haben? Eine Möglichkeit war, daß er irgendwas mit dieser polnischen Marlboro-Mafia zu tun hatte, die Karle in Muggenbrunn aufgespürt hatte. Aber die Idee trug nicht weit. Garantiert käme heraus, daß Trenkler ein harmloser Pauker war, selbst wenn man ihm das Auto mit Marlboro-Stangen ohne Steuerzeichen vollstopfte. Keine Chance. Das mußte anders laufen. Am besten wäre ein Selbstmord. Der Mörder bereut seine Tat und gibt sich selbst die Kugel. Soweit prima, aber dazu hätte man ganz nah an Trenkler heran gemußt um abzudrücken. Und das wollte er dann lieber doch vermeiden. Also Fangschuß aus der Ferne. Wenn es darum ging, den Mord an einem Mörder aufzuklären, zeigten vielleicht auch die Freiburger nur mäßiges Interesse an dem Fall. Und ein bißchen drehen ließ sich immer was. Es gab keine andere Lösung.

Auerbach klopfte auf seinen Schreibtisch. Toi, toi, toi. Glück würde er brauchen. Aber bisher war es ihm treu gewesen. Sogar den Audi hatte er zurück. Am Vormittag hatte er ihn diskret und schnell repariert bekommen.
Die letzte Stunde bis zum Feierabend zog sich in die Länge. Kurz vor Fünf tauchte Karle auf und erzählte von dem Zigarettenfall, den die Freiburger an sich gezogen hatten. „Auch gut," schloß er, „dann haben die zwar den Erfolg, aber wir wenigstens keine Arbeit."
Urplötzlich wurde Auerbach schlecht, was zur Folge hatte, daß Karle die Bereitschaft übernehmen mußte. Auerbach hatte die Nacht über freie Bahn. Fast jedenfalls.
Eine Stunde vor Mitternacht lag er mit offenen Augen im Bett und hörte auf den Atem seiner Frau. Hetti war vor ein paar Minuten fest eingeschlafen. Leise stieg er aus dem Bett und schlüpfte im Bad in einen Jogginganzug. Im Wohnzimmer hockte Kevin immer noch vor dem Fernseher. Auerbach schlich im Dunkeln auf den Dachboden.
Dort lagerte seit Jahrzehnten die Jagdbüchse seines Großvaters. Er hatte das Ding kaum benutzt, aber es würde schon funktionieren. Früher hatten sie noch ordentlich gearbeitet. Er fand das Gewehr hinter einer alten Kleiderkiste. Es steckte in einem grünen Futteral. Auerbach zog die Waffe heraus. Eine richtig alte Flinte war das. Kleinkaliber, mit einem Rückschlag, daß es einem fast den Kopf weghaute. Als Bub hatte er damit seine Erfahrungen gemacht. Der Opa hatte ihn schießen lassen und Edi tagelang eine blaue Wange gehabt. Liebevoll strich er über die Waffe. Der Lauf war sogar noch ein bißchen ölig. In der Außentasche des Futterals steckten ein paar Kugeln. Auerbach lud durch und ging auf die Jagd.

Keine Viertelstunde später parkte er seinen Wagen hinterm Adler in Muggenbrunn. Die Büchse hatte er in eine Decke gewickelt. Er ging zurück zu der Gaststätte, überquerte die Straße und bog links ab. Der Weg führte leicht bergan. Nach ein paar Metern wurde er durch eine Kette versperrt. Auerbach stieg darüber und marschierte weiter. Als er an Trenkler dachte, der ab hier die Leiche tragen mußte, da er unmöglich mit dem Wagen weiter kam, lachte er leise. Er lief vorbei an einer Brücke, die über den Holzschlagbach führte, der Weg machte eine sanfte Kurve, dann stand er im freien Tal. Die Holzhütte, an der er sich mit Trenkler verabredet hatte, war von hier schon zu sehen. Im Sommer wurden hin und wieder Feste von der Dorfjugend in der Hütte gefeiert, aber jetzt war alles ruhig. Geradezu malerisch lag die Hütte im Mondlicht. Auerbach lief bis auf ihre Höhe, dann kletterte er über einen niedrigen Elektrozaun und machte sich an den Aufstieg den grasbewachsenen Talhang hoch. Es war nicht besonders steil und Kühe grasten auch nicht auf der Weide. Auf halber Höhe stand eine mächtige Tanne, das ideale Versteck für einen Schützen. Auerbach wickelte das Gewehr aus der Decke, breitete sie auf dem Boden aus und machte es sich gemütlich. Er schaltete die Beleuchtung seiner Digitaluhr an: halb Zwölf. Die Nacht war ideal, Vollmond und kein Wölkchen am Himmel. Probeweise legte er an. Das würde schon gehen. Er mußte einfach treffen. Eine andere Lösung gab es nicht. Es war Notwehr, Sachzwang. Vierzig Dienstjahre und die Pension würde sich kein Mensch auf einen Schlag nehmen lassen.

Von Muggenbrunn her schlug es Mitternacht und Trenkler war weit und breit nicht zu sehen. Auerbach schüttelte den

Kopf. Früher waren die Lehrer noch pünktlich gewesen. Wen wunderte es, daß die Schüler auch nichts mehr von Ordnung hielten. Sein Enkel Kevin kam regelmäßig zu spät. Er selbst war in seiner ganzen Schulzeit nur ein einziges Mal fünf Minuten zu spät gekommen und vom alten Lehrer Dörfner dermaßen verdroschen worden, daß er eine Woche lang kaum sitzen konnte.

Endlich tauchte Trenkler auf.

Er schleppte schwer an der Leiche. So etwas ähnliches wie geschultert hatte er sie; der Lebende und der Tote, beide zusammen bildeten sie ein seltsam verrenktes Bündel. Alle paar Meter ließ Trenkler den Körper von seinem Rücken rutschen, richtete sich auf und drückte die Hände ins Kreuz. Dann wuchtete er ihn wieder hoch, machte ein paar Schritte und alles ging von vorn los.

Es dauerte, bis er in Schußposition kam. Auerbach lag auf dem Boden und hielt das Gewehr im Anschlag. Direkt vor der Hütte war es ideal, das Licht gut, die Entfernung auch. Er setzte die Brille auf. Diesmal hatte er an sie gedacht. Jetzt war Trenkler da, wo er ihn haben wollte. Er hielt die Luft an und zielte, aber seine Hände zitterten etwas. Noch einmal atmete er tief durch, zielte erneut. Dann drückte er ab. Das Echo des Schusses rollte durchs Tal.

9.

Der Schlag holte Tassilo Trenkler von den Beinen. Etwas war mit Wucht in die Leiche auf seinem Rücken gefahren. Tassilo hatte keine Chance, den Sturz mit den Armen abzufangen. Seine Hände umklammerten krampfhaft die Leiche, während er aufs Gesicht fiel und der Tote ihn unter sich begrub. Das war's, schoß es Tassilo durch den Kopf, aber der scharfe Schmerz in seinem Mund machte ihm nur allzu rasch klar, daß es das wohl doch nicht gewesen war. Sein Mund füllte sich mit einer warmen Flüssigkeit. Tassilo hatte sich auf die Zunge gebissen. Er machte den Mund auf, und während ihm das Blut über Kinn und Hals in den Kragen lief, lauschte er dem fernen Echo nach, das immer noch durch das Holzschlagbachtal rollte.

Jemand hatte auf Tassilo geschossen. Er war nicht gestolpert, man hatte es auf ihn abgesehen. Nur, daß der Schütze nicht ihn getroffen hatte, sondern die Leiche auf seinem Rücken. Jetzt lag er hier wie auf dem Präsentierteller mitten auf dem Weg, rundherum nur Wald und Wiesen und der Mond schien hell. Da war zwar die Hütte, von der Auerbach ihm erzählt hatte. Es waren nur einige Schritte, aber wie sollte er dort hinkommen, ohne einen zweiten Schuß einzufangen - und diesmal persönlich. Nur die Leiche, die immer noch auf ihm lag, bot ein wenig Deckung vor weiteren Angriffen. Oh, wie hatte Tassilo diesen toten Körper verflucht und beschimpft, als er ihn durchs Tal geschleppt hatte, aber der Schuß hatte die Sachlage regelrecht ins Gegenteil verkehrt. Nun hing sein Leben an der Leiche. Es half nichts, er mußte mit ihr als Deckung irgendwie zu der Hütte kommen. Vorsichtig, ganz vorsichtig, daß ihm der Tote nicht vom Buckel rutsche, stützte Tassilo sich auf die Unterarme und robbte los. Ein Stück weit ging das gut, dann machte sich der Tote selbständig. Bei jedem Zentimeter, den Tassilo vorwärts kam, rutschte er weiter von ihm herunter. Es half nichts, er lag schon bis zum Bauch im Freien, er mußte ohne Leiche weiter.

Tassilo Trenkler hielt den Atem an, spannte die Muskeln, zählte (wie Juliane es ihm aus dem Sportunterricht an einem pikanten Nachmittag vorgemacht hatte) „Auf die Plätze, fertig, los!" - rollte unter seiner Deckung hervor, kam auf die Beine und ein, zwei, drei, vier Schritte, dann warf er sich ins nachtfeuchte Gras hinter der rettenden Hütte. Und zu Tassilos Freude und Erstaunen geschah bei all dem nichts, kein Schuß, kein Schrei, das Schwarzwaldtal lag wie im Hebel-Gedicht: „'s isch alles öd und schwarz, / und totesstill, so wit man luegt - " auch wenn es da um den Belchen ging.

Hinter der Hütte kam langsam die Angst in Tassilo hochgekrochen. Dazu hatte er bislang noch keine Zeit gehabt. Unter der Leiche, mitten auf dem Weg, waren andere Dinge wichtiger gewesen. Jetzt aber schlich sie an Tassilos Herz, nahm es fest in den Griff und drückte zu. Tassilo atmete schwer.

Irgendwo da im Tal saß ein Killer und hatte es auf ihn abgesehen. Das war eine Tatsache, auch wenn er keine Ahnung hatte, warum jemand das tun sollte. Gut, Dr. Weber war da vielleicht eine Ausnahme, immerhin war Juliane seine Frau, aber er wußte nichts von ihm und Juliane. Es war also wenig wahrscheinlich, daß er geschossen hatte. Woher auch hätte er wissen sollen, daß Tassilo im Schwarzwald Urlaub machte? Das galt auch für Klaus Rogge aus dem Deutsch-Leistungskurs, obwohl der über erstaunliche Informationen verfügte, sogar bezüglich Juliane hatte er schon eine Anspielung gemacht: der Herr Dr. Weber werde sich gewiß freuen, daß Tassilo Frau Schulte-Weber so oft nach dem Mädchensport am Nachmittag abhole. Zuerst hatte er versucht, den Jungen mit besonders guten Noten zum Schweigen zu bringen. Rogges Abi war durch die guten Noten zwar halbwegs gesichert, aber er hatte weiter gestichelt. Entnervt hatte Tassilo ihm bei der letzten Deutschklausur mächtig eins reingewürgt, auch wenn es grundsätzlich nicht fein war und seinem Ethos als Lehrer widersprach. Rogges Abi stand seitdem auf wackligen Füßen, aber das war kein Grund, seinen Lehrer gleich zu erschießen.

Es mußte mit der Leiche zu tun haben. Immerhin hatte der Polizist behauptet, man habe den Toten geklaut. (Oder sagte man bei Toten „entführt“?) Das war natürlich absurd. Aber Tatsache war, jemand hatte die Leiche in seinem Golf verstaut. Etwas war faul an der Sache. Vielleicht hätte er die Leiche einfach nicht finden dürfen, vielleicht sollte die Polizei da nicht reingezogen werden, im Schwarzwald war alles möglich, da war er sich inzwischen sicher, am Ende war er in eine Todtnauer Vendetta oder so geraten, eine alte Familienfehde mit Blutrache und allem Drum und Dran.

Tassilo fuhr sich mit der Hand über das Gesicht und spuckte etwas Blut ins Gras. Was nützten ihm diese Überlegungen? Im Augenblick war es egal, wer da hockte und schoß. Wichtig war allein, dem Killer zu entkommen. Auf allen Vieren kroch er zum Hüttenrand und linste um die Ecke.

In sanften Schwüngen stiegen die Wiesen des Holzschlagbachtals hoch zu den geraden, dunklen Tannen, deren dichter

Bestand jedes Licht schluckte. Auf den elektrisch umzäunten Wiesen lagen vereinzelt Findlinge, hin und wieder stand eine Tanne außerhalb des grünen Kollektivs. Der Wanderweg führte in einem weiten Bogen leicht bergan und verschwand nach vielleicht zweihundert Metern im Tann. Von einem Menschen, einem Killer, keine Spur. Tassilo sah hinter sich. Bis zum Holzschlagbach, der munter durch die Nacht gurgelte, fiel die Wiese ab, um dann an der anderen Bach- und Talseite um so steiler und dicht bewaldet anzusteigen. Hinter mir sitzt er nicht, dachte er, sonst hätte er mich schon längst abgeknallt. Nein, der Mörder muß vor mir sitzen, auf der anderen Seite von Hütte und Weg, irgendwo auf der Hangwiese oder oberhalb davon im Wald. Damit waren für Tassilo fast alle Fluchtwege abgeschnitten. Er konnte weder zurück nach Muggenbrunn, noch in den Wald oberhalb der Hütte. In beiden Fällen mußte er durch das offene Tal und lief dem Killer direkt vor Kimme und Korn.

Der einzige Ausweg war der Weg durch den Holzschlagbach in den Wald, wie immer es dann auch weiter gehen würde, im dichten Wald jedenfalls war Tassilo sicher. Er sah sich die Strecke genau an. Bis zum Bach waren es knapp dreißig Meter. Wenn er möglichst viel davon im Schatten der Hütte schaffte, hatte sein Killer nur noch drei, vier Sekunden zum Zielen und Abdrücken.

Tassilo lief los, rannte, sprintete, spurtete, mit einem Hechtsprung landete er im eiskalten Bachlauf, einem Infarkt nahe, blaue Flecken überall - aber ohne eine einzige Schußverletzung, es hatte überhaupt niemand auf ihn gefeuert. Das kalte Wasser trieb Tassilo sofort wieder hoch, mehr kriechend als laufend flüchtete er den bewaldeten und steilen Hang hinauf,

bis er im Unterholz jede Orientierung verloren hatte und keine Luft mehr bekam. Dann erst blieb er liegen mit pochendem Herzen, jagendem Atem und verwirrtem Gehirn.
Als er zur Ruhe kam, begann er zu frieren. Nach seinem Hechtsprung in den Holzschlagbach war er naß bis auf die Knochen. Und im Hochschwarzwald konnte es auch im Sommer in den Nächten empfindlich kühl werden. Tassilo klapperte mit den Zähnen und hatte keine Ahnung, wo genau er war. Muggenbrunn mußte irgendwo den Berg runter liegen. Aber da lauerte vielleicht immer noch der Mörder. Also stapfte er, soweit es bei der Hanglage ging, durch den Wald, der so dicht war, daß Tassilo trotz des Vollmonds kaum die Hand vor Augen sehen konnte. Spinnweben streiften über sein Gesicht, er fiel über Wurzeln und Steine, einige Male lief er gegen Äste und Stämme.
Jetzt war er mitten drin im Labyrinth der Welt, in dem laut Hölderlin das „Nichtdenken des Unbekannten" überwunden werden kann - nachts allein in einem fremden, stockfinsterern Wald. „Schatzhauser im grünen Tannenwald, Bist schon viel hundert Jahre alt; Dir gehört all Land wo Tannen stehn" - mehr als Peter Munk wußte Tassilo Trenkler auch nicht, und ihm fehlte nicht nur der vierte Vers, er konnte sich auf die ganze Geschichte, die ihn hierher getrieben hatte, keinen Reim machen. Von wegen Hölderlin. Auch wenn der Wald mächtig rauschte, wollte es Tassilo nicht gelingen, auch nur einen Fitzel des Unbekannten in seinen Kopf zu kriegen. Am Anfang hatte ein Toter mit Mephisto-Schuhen Kopfstand in seinem Schrank gemacht. Und jetzt irrte er auf der Flucht vor seinem Mörder durch den nächtlichen Schwarzwald. Wie sollte das zusammengehören? Gehörte es überhaupt zusam-

men? War nicht das bißchen Ordnung, das unseren Alltag zusammenhielt, diese lächerliche Sicherheit, daß das Licht auch angeht, wenn man den Schalter drückt, war das nicht eine winzige und verlorene Insel in dem fast unendlichen Meer der Unordnung drumherum? So dachte es in Tassilo vor sich hin, während er durch den Wald stolperte.

Doch Unordnung hin oder her, wer bergauf steigt, kommt irgendwann oben an, darauf war Verlaß. Naß, müde, zerschunden und frierend erreichte Tassilo den Hornweg, der nach Todtnauberg führte. Zu seiner Freude blitzte in der Ferne ein Lichtlein auf, ja, er meinte sogar Stimmen zu hören und die Fetzen von Musik. Eine Berghütte vielleicht oder ein Hotel. Da war sie wieder, die Zivilisation, diese winzige Insel der Ruhe und Ordnung im großen Meer des Chaos. Tassilo marschierte darauf zu. Langsam wurde die Musik lauter, aus dem fernen Rhythmus ein bedrohliches Pochen und Hämmern. Doch als er erkannte, daß er auf einer Kannibaleninsel gestrandet war, war es zu spät.

Das erste „Oi! Oi!" hörte er, als sich der Waldweg, von dem er kam, zur Bergkuppe hin öffnete. Eine hochgebaute Hütte, die auch im Winter bei Schnee benutzbar war, lag zu seiner Linken. Vor ihm, auf der rechten Seite stand am Hang ein großes Gebäude in der Art eines Hotels, das sich später als Jugendherberge entpuppen sollte. Die Wegkreuzung, an der sich der Hornweg mit dem Rütteweg kreuzte, war ein beliebtes Ausflugsziel und Ausgangspunkt vieler Wanderungen. Darauf deutete der große Parkplatz hin. Dort, wo tagsüber die Autos in der hellen Sonne glühten, brannte nun ein riesiges Lagerfeuer. Schwarzgekleidete, gedrungene Knaben in dicken Lederstiefeln hopsten zu einer martialischen Musik um die Glut. Hin und wieder riß einer den rechten Arm zum „deutschen Gruß" empor und röhrte ein besoffenes „Siech Heil!" in die Nacht.

Tassilo blieb entgeistert neben der Hütte stehen und sah der Szene zu. Dicke, dumme, böse Jungs waren das, Tassilo kannte die Sorte aus der Schule. Die Haare so kurz wie der Verstand, dafür hart im Nehmen. Eine Schlägerei war für sie das Höchste überhaupt. Ihr politischer Verstand endete mit der Faust im Gesicht des vermeintlichen Gegners. Kurz gesagt: Tassilo war auf einen Trupp Neonazis gestoßen. Nein, auf dieser Welt herrschte wirklich keine Ordnung mehr. Es war verdammt finster im Schwarzwald. Im Tal hockten die Mörder, auf dem Berg die Nazis. Von einer Lichtung keine Spur.

Tasslio wollte gerade kehrt machen, als er entdeckt wurde. „Ey!" oder „Oi!" brüllte jemand und wies in seine Richtung. Sofort hörte das Gehopse auf, die Musik ballerte einen paar Augenblicke ohne Stiefelgetrampel vor sich hin, dann stellte jemand den Ghettoblaster ab.

Es wurde gefährlich still im schwarzen Wald. Zwanzig braune Augenpaare starrten feindselig zu Tassilo hinüber. Nach einer Weile, die ihm sehr lang schien, kam die Meute näher. Einer mit Glatze nahm einen Baseballschläger, ein paar andere bewaffneten sich mit Steinen und Holzknüppeln.

„Hallo, Jungs!" versuchte Tassilo es jovial und ging vorsichtig einen Schritt auf die deutsche Jugend zu.

„Wa machsn du hie?" oder so ähnlich wollte jemand wissen. Tassilo verstand kein Wort und zuckte mit den Achseln.

Die Rotte zog einen Kreis um Tassilo. Jeder Fluchtweg war

abgeschnitten. Ein paar Burschen feixten glücklich. Gleich würde es mächtig was auf die Jacke geben.
„Kommssu von hie?"
Tassilo verstand auch das nicht. Vorsichtshalber lächelte er freundlich.
„Kannsu kein Deuts?"
„Quats nit so!" unterbrach einer das Interview.
„Nau! Fresse u fertich!" steuerte jemand anders bei.
Tassilo lief es kalt den Rücken runter. Wie sollte er hier nur heil herauskommen? Heil? Jawohl, das war es. Er straffte sich und riß den rechten Arm hoch. „Heil, meine Herren" nuschelte er in die Nacht, „bin mächtig froh, sie hier zu treffen. Hatte unten im Dorf kolossalen Ärger. Habe ein paar Kanacken mal ordentlich die Meinung gegeigt. Leider allein ..."
Tassilo brach in wirres Gelächter aus.
Um ihn herum entstand eine gewisse Unruhe. War man da etwa an den Falschen geraten, an einen, dem man nicht die Fresse polieren durfte?
Anerkennendes Gebrummel kam auf, jemand hielt ihm eine Bierflasche hin. Tassilo griff danach, hob sie in die Höhe und prostete in die Runde. „Na dann, meine Herren." Er würgte einen Schluck runter.
„Skol!" gröhlte die Truppe im Chor und setzte die Bierflaschen an. Die saufende deutsche Jugend um Tassilo bot einen wundersamen Anblick. In schwarzen Kampfanzügen und Springerstiefeln stand sie da, den Kopf im Nacken, die Flasche am Hals. Wie auf Kommando setzten alle gleichzeitig ab und rülpsten unisono. Dann stimmten sie „Prost Prost Kameraden" an. Tassilo sang zur Sicherheit ein paar Takte mit.

„Ich geh dann mal,“ verkündete er, als der Gesang zu Ende war. Und oh Wunder, der Kreis um ihn öffnete sich, die Jungs bildeten ein Spalier und verabschiedeten Tassilo mit dem „deutschen Gruß“. Tassilo riß sich und die Hacken zusammen, hob den rechten Arm ein ganz klein wenig und marschierte los, immer dem Arm nach. Er sah sich erst um, als die Stimmen hinter ihm nicht mehr zu hören waren.
Er befand auf einer Anhöhe, direkt unterhalb eines Jakobskreuzes. Auf einer Wiese ragten die mächtigen Metallgestelle eines Skiliftes bedrohlich in den Nachthimmel. Unten im Tal brannten einige Lichter. Dahin wollte Tassilo, aber welchen Weg sollte er wählen? Der Weg auf dem er war, führte in den Wald hinein. Dorthin wollte Tassilo auf keinen Fall. Und zurück zu den Nazis auch nicht. Also mußte er über die Wiesen ins Tal.
Der Abstieg war mühsamer, als er gedacht hatte. Wasserläufe hatten aus großen Teilen der Wiese Sumpfgelände gemacht. Immer wieder war er gezwungen, scharfe Kehren zu gehen. Anderswo war der Weg zu steil oder hohe Zäune versperrten ihn. Einen direkten Weg ins Tal gab es scheinbar nicht.
Er kam an eine Hütte, die ihm seltsam bekannt schien. Die Schindelhütte drückte sich regelrecht an den Hang, vor neugierigen Blicken aus dem Tal geschützt durch eine Baumgruppe. Tassilo hockte sich auf die zwei Stufen vor der Eingangstür und lauschte. Nebenan plätscherte Wasser. Er stand auf, um einen Schluck zu trinken. Es war ein Holzbrunnen. Das Wasser lief aus einem Stamm, aus dem drei Äste ragten, in einen mächtigen ausgehöhlten Baumstamm. Jetzt wußte Tassilo wo er war. Auf diesem Brunnen hatte früher ein Stern gestanden. „Arnika, Augentrost, der / Trunk aus dem Brun-

nen mit dem / Sternwürfel drauf.“ Als Deutschlehrer erinnerte sich Tassilo ganz genau an das Celan-Gedicht. Das hier war die Hütte des Philosophen, er war beim Weisen vom Berg gelandet, bei Martin Heideggers Hütte. Die Lichter unten im Tal, das war also Todtnauberg. Tassilo ging um das niedrige, einstöckige Gebäude herum. Hierher war bis in die 70er Jahre alles aus der Bundesrepublik gepilgert, was Rang und Namen hatte, von Augstein bis Weizsäcker hatte man sich Hölderlin und Hebel vom Alten mit der seltsam singenden Stimme vorlesen lassen. Aber jetzt war Stille, Tür und Läden geschlossen. Und in dieser Stille rief Tassilo das Gewissen. Denn das Gewissen ruft nur schweigend, das heißt der Ruf kommt aus der Lautlosigkeit der Unheimlichkeit und ruft das aufgerufene Dasein als still zu werdendes in die Stille seiner selbst zurück, hätte Heidegger dazu gesagt.
Tassilo ließ sich wieder auf die Stufen vor der Tür fallen und sah ins Tal hinunter. Hier oben hatte Heidegger nicht nur Sein und Zeit, sondern auch die Lichtung bedacht, ein Ort, an dem angeblich die Wahrheit sein sollte.
Von einer Lichtung hatte er im ganzen Schwarzwald keinen Schimmer gesehen. Im Gegenteil. Es wurde immer dunkler, je länger er darin herumirrte. Er war mit einer Leiche auf dem Buckel herumgelaufen, man hatte auf ihn geschossen, dann war er Nazis in die Hände gefallen und hatte mitgemacht, um seine Haut zu retten - so weit war es mit ihm gekommen. Immer nur ging es ihm um sich selbst. Gut, das war menschlich, allzumenschlich. Aber was war mit dem armen Toten? An den dachte nun wirklich niemand. Ein Namenloser war das, der aus dunklen, unbekannnten Motiven durch den Schwarzwald gezerrt wurde. Sicher hatte der Mann auch Familie, eine

Frau vielleicht oder eine Art Juliane, und es war möglich, daß es Kinder gab. An all das hatte Tassilo bislang nicht gedacht. Ihm war es nur um die Jemeinigkeit oder so gegangen, keinesfalls um die Eigentlichkeit, so ähnlich hatte er vor Jahren Heidegger halb verstanden, damals natürlich davon überzeugt, er stehe voll auf der Seite der Eigentlichkeit. Aber hier bei der Hütte wurde ihm klar, die Wahrheit blieb verborgen. Von Lichtung keine Spur. Der Geist wehte anderswo.

10.

Eduard Auerbach machte die Beleuchtung seiner Digitaluhr an. Es war 00:20 Uhr. Die letzte Viertelstunde fehlte ihm. Er konnte sich noch ganz genau daran erinnern, daß er auf den Lehrer mit der Leiche gewartet hatte. Trenkler war wenige Minuten nach Mitternacht gekommen. Er hatte auf ihn angelegt und abgedrückt - und dann hatte er nichts mehr im Kopf, nur Dunkelheit und Leere. Seine Wange schmerzte. Vorsichtig tastete er sein Gesicht ab.

Allmählich begriff er, was geschehen war. Der Rückschlag der Flinte seines Großvaters hatte ihn schlicht umgehauen - wie damals, als er noch ein kleiner Bub gewesen war. Sogar die Brille war kaputt, das Glas zersplittert und der Rahmen verbogen.

Er steckte die Reste der Brille ein und sah mit zusammengekniffenen Augen zum Weg hinunter. Da lag was, soviel konnte er erkennen. Wie es aussah, hatte er getroffen. Auerbach wickelte die Flinte wieder in seine Decke, dann ging er die Wiese herunter zum Weg.

Aber Trenkler war weg, einfach verschwunden, keine Spur war von ihm zu sehen. Vielleicht, dachte Auerbach, habe ich ihn nur angeschossen und er hat sich irgendwo versteckt. Also suchte er in der Hütte, lief den Weg und die Wiesen ab. Ohne Erfolg. Auf dem Weg lag einzig und allein Bornemann und stank.

Schließlich lief Auerbach zurück bis an die Kette, die den Weg durchs Holzschlagbachtal versperrte. Dort stand Trenklers Golf. Er mußte also noch in der Nähe sein.

Auerbach ging die paar Meter weiter bis zu seinem Audi hinterm Adler, verstaute die Flinte im Kofferraum, der wieder

schloß, und nahm eine Taschenlampe mit. Dann machte er sich erneut auf die Suche nach Trenkler.
Aber so gründlich er auch suchte, er fand nichts, nicht einmal eine Blutspur. Schließlich hockte er sich neben den Toten auf den Weg und sah den Tatsachen ins Gesicht. Er hatte nicht getroffen. Trenkler lebte und war auf der Flucht. Er leuchtete mit der Taschenlampe auf die Leiche. Jetzt sah er, wen er getroffen hatte. Der Leiche fehlte ein dickes Stück vom Hintern. Auerbach kratzte sich am Kopf. „Und was mach ich jetzt mit dir?" fragte er. Er konnte die Leiche unmöglich liegen lassen. Dann hätte er sie gleich morgen schon wieder am Hals - und zwar dienstlich. Nein, wenn man sie schon nicht loswurde, dann mußte man nicht gegen sie arbeiten, sondern mit ihr. Man mußte Trenkler endgültig einen Strick aus der Leiche drehen.
Dieser Trottel geisterte irgendwo durch den Wald. Aber er würde garantiert wieder auftauchen, da war Auerbach sicher. Sein Auto stand noch da. Seine Sachen hatte er auch nicht dabeigehabt, als er die Leiche gebracht hatte. Also mußte er irgendwann wieder in seiner Ferienwohnung kommen. Und genau da würde er, Wachtmeister Eduard Auerbach, ihn erwischen. Und zwar mit der Leiche.
Auerbach tat, was er tun mußte. Er suchte nach dem abgeschossenen Stück Hinterteil und warf es in den Bach. Dann schulterte er die Leiche. Mit zusammengebissenen Zähnen und hervorquellenden Augen schleppte er den Toten in einem Stück bis zu der Kette, an der Trenklers Wagen stand. „So geht das," ächzte er und ließ ihn fallen Als er wieder Luft bekam, rappelte er an den Autotüren herum, aber Trenkler hatte abgeschlossen. „Na gut," knurrte Auerbach, „die paar

Meter schafft ein deutscher Polizist auch noch zu Fuß.“ Er schulterte die Leiche wieder und kämpfte sich vor bis zur Schauinslandstraße.

Auf der anderen Straßenseite vorm Adler stand eine kleine Gruppe Touristen. Anscheinend hatte der Adler-Wirt sie auf die Straße gesetzt, um endlich Feierabend machen zu können. Immerhin war es fast ein Uhr. Jemand dozierte über das Waldsterben. „Eigentlich müßte es Bäumesterben heißen. Wenn man genau hinsieht, stirbt nämlich nicht der Wald, nur die Bäume leben immer kürzer.“

„Die Menschen immer länger, die Bäume immer kürzer, das ist doch nicht in der natürlichen Ordnung,“ warf eine junge Frau mit hennaroten und stoppelkurzen Haaren ein.

Ein älterer Herr mit Fliege wurde auf Auerbach aufmerksam, der mit der Leiche auf der Schulter an der Straße stehengeblieben war. „Brauchen Sie Hilfe?“ fragte er.

„Danke,“ nöhlte Auerbach, „mein Freund hat nur was über den Durst getrunken.“

„Das sieht man,“ kommentierte die junge Frau, die für die natürliche Ordnung eintrat. „Ihr Freund sieht sehr schlecht aus.“

„Keine Sorge,“ meldete Auerbach, „der merkt nichts mehr.“

„Und Sie brauchen wirklich keine Hilfe?“

„Wirklich nicht!“ Auerbach riß sich zusammen und marschierte die Straße runter. Nur keine Schwäche zeigen, nur nicht stehenbleiben, sonst helfen sie dir, und dann bist du dran, sagte er sich mit zusammengebissenen Zähnen, während er die Leiche vorbei an Souvenir-Laden und Ex-Kirche schleppte. Er überquerte die Straße, die kleine Brücke über dem Langenbach - und fiel einfach um mit dem Toten auf der Schulter, mitten auf dem Parkplatz des Gästehauses Schwarzwaldmädel.

Etwas Feuchtes wischte ihm durchs Gesicht. Er riß die Augen auf und starrte einem fetten Mops ins Gesicht. Instinktiv schlug er nach dem Köter. Der Mops trollte sich ein paar Meter, dann kam er vorsichtig zurück und schnüffelte an der Leiche neben ihm. Auerbach nahm einen Stein und warf ihn nach dem Hund, aber er traf nicht. Mit freudigem Gekläffe machte sich der Mops auf die Suche nach dem Wurfobjekt.

Auerbach hatte genug vom Tragen. Er stand auf, nahm den Toten bei den Füßen und zog ihn hinter sich her. Dem war es sicher egal, Auerbach auch. Außerdem waren es nur noch wenige Meter. Der alte Bernhard Sum hatte nur eine einzige Ferienwohnung am Franzosenberg. Den Berg hoch war es immer noch anstrengend genug. Den Toten im Schlepp ging er vorbei an der Kur- und Ortsverwaltung, am Lift und dem Sportgeschäft. Dann kam er auf eine Wiese, die sanft anstieg. Da oben lag Sums Ferienwohnung. Und es brannte Licht.

Auerbach blieb stehen und ließ die Füße des Toten ins Gras fallen. Daran hatte er noch gar nicht gedacht, daß Trenkler vielleicht einfach zurück in die Wohnung gegangen war. Er lief leise zu einem Fenster, unter dem eine Bank stand, stieg auf die Bank und spähte in die Wohnung. Das mußte das Wohnzimmer sein. Ein Schaukelstuhl stand neben einer Eckbank mit Tisch. Im Hintergrund war eine Küchenzeile zu erkennen. Wie es aussah, war Trenkler nicht da. Auerbach klopfte an die Scheibe. Keine Antwort. Er stieg wieder von der Bank, ging zur Tür und klopfte. Nichts passierte. Auerbach drückte die Klinke herunter. Die Tür war nicht abgeschlossen. Anscheinend hatte Trenkler nicht lang fort bleiben wollen. Wer schloß im Schwarzwald um Mitternacht schon seine Tür ab? Auerbach war als Polizist wegen solcher Sorglosigkeiten Kummer gewohnt. Immer wieder wurden Ferienwohnungen ausgeraubt, die man einfach offen gelassen hatte

Auf Zehenspitzen betrat er die Wohnung. Es ging ein paar Stufen hoch durch Diele, die im Winter als eine Art Windfang fungierte und zusätzlich als Garderobe genutzt wurde. Dann kam eine Butzenscheibentür, die ins Wohnzimmer führte.

Auerbach sah sich um. Der alte Sum war zwar ein fürchterlicher Kleinkrämer, aber Geschmack hatte er. Alles in Eiche. Der große Raum, der die gesamte untere Etage ausmachte, war gewissermaßen in drei Zonen geteilt. Es gab eine Küchenzeile mit Theke und einer kleinen Bank davor; dann eine kuschelige Ecke zum Fernsehen mit Couch und Beistelltischchen für Bier und Nüsschen; schließlich noch einen Tisch mit Eckbank und Herrgottswinkel vor dem auch der Schaukelstuhl stand, den Auerbach von draußen gesehen hatte.

Eine Treppe führt ins Obergeschoß.

„Herr Trenkler?" rief Auerbach, vielleicht steckte er ja oben. Aber niemand antwortete.

Oben gab es ein Badezimmer und zwei Schlafzimmer, aber keine Spur von Trenkler. Also ging Auerbach wieder nach unten und machte sich daran, die Leiche in die Wohnung zu schaffen. Er zog sie die letzten paar Meter noch an den Füßen durch das feuchte Gras, was eine tiefe Spur hinterließ, dann packte er sie unter den Achseln und hievte den Körper die Treppe hoch.

Ein Schaukelstuhl war ein idealer Platz für eine Leiche, fand Auerbach. Er rückte den Stuhl zurecht und setzte die Leiche hinein, aber immer wieder kippte sie zur Seite weg. Langsam

löste sich anscheinend die Starre aus dem Körper. Erst mit Hilfe einiger mit Thoma-Motiven bestickter Zierkissen gelang es ihm, den Toten im Gleichgewicht zu halten.
Auerbach betrachtete sein Werk. Er war zufrieden. Morgen früh würde er sich Trenkler endgültig kaufen. Er würde einfach behaupten, jemand habe ihn anonym angerufen. Daraufhin habe er die Wohnung gestürmt. Und egal, ob Trenkler dann schon wieder da war oder nicht, der Mann hatte eine inzwischen ziemlich ramponierte Leiche in der Wohnung. Das war zumindest pervers und damit strafrechtlich zu verfolgen.
Auf der Theke der Küchenzeile stand eine Flasche Schnaps. Er nahm einen tiefen Zug aus der Pulle. Dann wischte er mit einem Küchentuch in der ganzen Wohnung seine Fingerabdrücke ab. Diesmal würde er nichts mehr dem Zufall überlassen. Und improvisiert wurde auch nicht. Es war schon genug gestümpert worden. Jetzt mußte der Profi ran.

11.

Liebe Wanderer, Naturfreunde, las Tassilo Trenkler, *Sie befinden sich an der höchsten Stelle Baden-Württembergs.* Tassilo kratzte sich am Kopf. Er sah wieder auf die Bronzeplatte, die vor ihm in den Boden eingelassen war, und las weiter. *Hier stand um die Jahrhundertwende das Gasthaus Zum Feldberg-Turm. Seit 1937 steht der Feldberg unter Naturschutz. 1992 wurde der Feldberggipfel von der Stuttgarter Hofbräu dem Schwarzwaldverein geschenkt, der das 1,87 HA große Grundstück den Zielen des Naturschutzes entsprechend betreut und pflegt. Erhalt und Schutz des einzigartigen Feldbergmassivs kann nur mit Ihrer Unterstützung erreicht werden. Dafür danken Schwarzwaldverein - Stuttgarter Hofbräu.*

Tassilo stand auf dem Dach des Schwarzwaldes, 1493 Meter über dem Meeresspiegel, hoch oben auf dem Gipfel des Feldbergs. Und er hatte keine Ahnung, wie er hingekommen war. Seit er Heideggers Hütte verlassen hatte, war er umher geirrt. Der Mordanschlag, die Nazis und die Hütte, das alles war zu viel für ihn gewesen. Lange Zeit war er bergauf gelaufen, der Weg hatte ihn auf einen langgezogenen Bergrücken geführt. Mehrmals war er zwar an Wegweisern des Schwarzwaldvereins vorbeigekommen, aber in der Nacht ließ sich auch bei Vollmond eine rote nicht von einer blauen Raute unterscheiden, ganz abgesehen davon, daß Tassilo keine Karte dabei hatte. So war er einfach gelaufen, während in seinem Kopf die Bilder und Gedanken durcheinander wirbelten. Einmal saß er mit dem Toten aus dem Kleiderschrank vor Heideggers Hütte, dann hopste er mit dem toten

Heidegger auf dem Rücken zum Horst-Wessel-Lied um ein Lagerfeuer. Hand in Hand lief er mit Juliane durch den finsterern Tann, bis zur Hütte, deren Schindeln feinster Lebkuchen waren. Die Hexe sah aus wie Auerbach.
Ein feines Hämmern hatte Tassilo aus seinen Phantasien geweckt. Wäre es das Glasmännchen gewesen, es hätte ihn nicht erstaunt. Aber es war, immerhin noch seltsam genug, ein Garten voller Zwerge. Ein kleiner Bach trieb ein Schaufelrad an, dessen Welle wiederum einen Zwerg im Schmiede-Look dazu bewegte, auf einen Zwergenamboß einzuschlagen.
Die Zwergenkolonie gehörte zu einer Hütte, die offensichtlich als Ausflugsziel diente. Zwischen der Hütte und einer Scheune lag eine Terrasse, die eindeutig für Gäste hergerichtet war. Es gab Tische, Bänke und Sonnenschirme. Am Giebel der Hütte entzifferte Tassilo die riesige Aufschrift *St. Wilhelmer Hütte.*
„Hallo?!" hatte er gerufen, aber keine Antwort bekommen. Also war er den Hang hochgestiegen, an dem die Hütte lag. So kam Tassilo auf den Feldberg.
Hinter der riesigen NATO-Richtfunkanlage ging bezeichnenderweise im Osten die Sonne auf. Tassilo, dessen Kleider nach dem Sprung in den Holzschlagbach immer noch klamm waren, genoß die erste Wärme des Tages. Er setzte sich auf eine Bank in dem Holz-Rondell, das bei der bronzenen Gipfelplatte stand. Das war also der Gipfel des Schwarzwaldes. Genauso sah es aus. Trostlos, öd, bedrohlich. Nichtmal das Gras war richtig grün. Einen Hauch braun war es. Die passende Farbe, wie es Tassilo nach den Ereignissen der letzten Nacht schien. Überall war etwas hingebaut. Der ganze Berg wirkte wie ein Relikt des kalten Krieges. Satellitenschüsseln, Abhöranlagen, Antennen,

Richtfunkanlagen, Wellblechhütten und Hungertürme. Hier oben wartete Peter Munk mit großen Ohren auf die rote Flut, den Ansturm der Bolschewiken.
Tassilo machte sich wieder auf den Weg. Er lief durch eine Art Tannenhain, dann kam er auf eine riesige Weidefläche, die sich sanft absenkte. Wie braune Bänder führten zwei Wege durch das Gras. Eine Weile folgte Tassilo den Wegen, dann entschied er sich für eine Abkürzung.
Urplötzlich stand ein Mann vor ihm, ganz in Grün mit rotem Rucksack. „Entschuldigen Sie," sagte er, „aber Sie haben den Weg verlassen."
Tassilo starrte die Gestalt mit offenem Mund an.
„Sie sind hier im Naturschutzgebiet."
„Ach." Mehr fiel Tassilo nicht ein.
„Sülz, mein Name," stellte sich der Mann jetzt vor, „ich bin der Feldberg-Ranger."
Tassilo brach in ein irres Kichern aus. Das war wirklich gut, Feldberg-Ranger war klasse. Wie bei Bonanza. Der wilde Westen verteidigte auf dem Feldberg nicht nur die Freiheit gegen den nicht mehr vorhandenen Sozialismus, sondern auch das vertrocknete Gras.
„Das ist gar nicht lustig," schimpfte der Ranger, „das Verlassen der Wege ist strengstens verboten. Denken Sie mal an die Erosion."
„Hören Sie," langsam reichte es Tassilo, „als Einzelner werde ich wohl kaum einen Bergrutsch auslösen."
„Sie allein nicht, aber zusammen mit den anderen 1,5 Millionen, die hier übers Jahr den Feldberg besuchen, sieht das schon anders aus."
Tassilo kannte diese Form der Argumentation nur zu gut.

Das erzählte er seinen Schülern auch immer. Wenn einer allein den Müll nicht trennte, war das kein Problem. Wenn es jeder tat, wuchs das Ozonloch und der Meeresspiegel stieg an, bis der Feldberg am Strand lag.
Zusammen mit dem Ranger ging er zurück auf den Pfad der ökologischen Tugend. Trotzdem, so ganz kampflos wollte er sich nicht geschlagen geben. „Und was ist mit den Dingern?" Er zeigte auf die NATO-Richtfunkanlage.
„Das kommt alles weg," sagte der Ranger stolz, „die Bundeswehrhütte auf dem Seebuck ist schon abgerissen. Was stehenbleibt, wird vom Südwestfunk übernommen."
„Dann nichts für ungut," Tassilo hatte es plötzlich eilig, „wo kann ich denn hier mal telefonieren?"
„Am Feldberger Hof, immer dem Weg nach."
Tassilo trollte sich. Genauso hatte er sich ein Naturschutzgebiet immer vorgestellt. Überall Zäune und hinter jedem Baum ein Polizist.
Auf dem Seebuck stand das Bismarckdenkmal. Ein wüster Haufen Steine, den man nicht einmal ordentlich zusammengemauert hatte. Gleich daneben ein wahrscheinlich ökologisch wertvoller Turm mit Antenne und ein Lift ins Tal. Tassilo hätte durchaus nichts dagegen gehabt, den Lift zu benutzen. Aber noch war es viel zu früh, die Sonne stand immer noch nicht ganz am Horizont.
Der Feldberger Hof war der natürliche Höhepunkt im Naturschutzgebiet Feldberg, fand Tassilo. Ein Plattenbau mit Erlebnisgastronomie und dem architektonischen Charme der siebziger Jahre, umgeben von weitläufigen Parkplätzen. Hier war wirklich alles, was das Touristenherz begehrte, von der Kuckucksuhr bis zum Bollenhut. Es gab eine Hebelstube,

eine Georg-Thoma-Bar, und irgendwie hatte man es geschafft auch noch ein Silva Negra genanntes rustikales Bergdörfle in dem Betonklotz unterzubringen. Vor allem aber gab es ein Taxi.

Eine Viertelstunde später, im Autoradio hatten gerade die Acht-Uhr-Nachrichten begonnen, stieg Tassilo in Muggenbrunn aus. Die letzten Meter zu seiner Ferienwohnung ging er zu Fuß. Auf der Fahrt hatte er einen Entschluß gefaßt. Er würde duschen, trockene Sachen anziehen, einen Kaffee trinken. Dann wollte er sein Auto holen, die Koffer packen und ganz einfach abreisen. Mit Juliane konnte er sich auch woanders treffen. Es mußte nicht Muggenbrunn sein. St. Blasien vielleicht, er hatte einige Bilder in seinem Reiseführer gesehen, die ihm gefielen. Vor allem lag St. Blasien weit ab von Muggenbrunn.

Der Tote saß im Schaukelstuhl.

Der Schwarzwald war ein Horrortrip. Die Toten wirkten merkwürdig lebendig, sie machten Kopfstände, entkamen der Polizei und spazierten anscheinend auch noch einfach so durch die Gegend, um es sich anschließend im Schaukelstuhl bequem zu machen. Aber das war natürlich alles nur Betrug. Tassilo erinnerte sich an eine Hebel-Geschichte. Da hatten ein Buchhalter und ein Schreiber gewettet, ob es Gespenster gibt. Es gibt keine Gespenster. Darauf hatte der Buchhalter sechs Flaschen Wein gesetzt. Der Schreiber hatte sich beim Dorfarzt von einer Leiche den Arm abschneiden lassen. Dann war er nachts ins Schlafzimmer des Buchhalters eingestiegen und war ihm mit der Hand über das Gesicht gefahren. Davon wachte der Buchhalter auf. Und als er nach der Hand greifen wollte, die ihn berührt hatte, bekam er nur

den abgeschnittenen Arm zu fassen. Tags drauf zahlte er seine Wettschulden und starb.
Irgendsowas trieb man auch mit ihm, davon war Tassilo langsam überzeugt. Nur konnte er sich nicht vorstellen, wer ein Interesse daran haben könnte, ihm die Leiche eines Unbekannten zuzuschieben. Vielleicht handelte es sich wie bei Hebel um einen Scherz oder eine Wette. Aber wer spaßte schon mit Toten? Das gab es nur in Büchern und Filmen. In der Wirklichkeit konnte sich Tassilo beim besten Willen nicht vorstellen, daß jemand aus Jux und Dollerei eine Leiche durch den Schwarzwald verschob. Und überhaupt, warum hätte man ausgerechnet ihm zum Opfer eines solchen Scherzes machen sollen? Wenn sich die Muggenbrunner Dorfjugend hier tatsächlich amüsierte, dann war es sicher lustiger mit jemandem aus dem Dorf. Nein, ein Scherz war das alles nicht, überlegte Tassilo, während er Kaffee aufgoß. Es war Ernst. Aber was hatte er damit zu tun? Wer könnte etwas davon haben, daß der Tote bei ihm war? Warum stahl man die Leiche bei der Polizei und steckte sie in den Kofferraum seines Autos? Damit paßte nicht zusammen, daß gestern abend auf ihn geschossen worden war. Oder ging es darum, ihn sozusagen als Mörder zu benutzen? Denn daß der Tote ermordet war, gehörte zu den wenigen Dingen, die in diesem Fall sicher waren. Jedenfalls war das Loch zwischen seinen Augen bislang noch nicht verschwunden. Und tot konnte man Tassilo so ziemlich alles anhängen, sogar einen Mord. Aber, fragte sich Tassilo und wärmte die Milch für den Kaffee, wer hatte eigentlich gewußt, daß er gestern abend in dieses Tal des Todes kommen gegangen war? Er hatte mit niemandem darüber gesprochen. Nur der Polizist hatte davon gewußt, es

war sein Vorschlag gewesen, sich dort zu treffen. Hatte er also auf Tassilo geschossen? Logisch war es, aber die Wirklichkeit verlief nicht so eingleisig wie die Logik. Der Polizist hatte gesagt, das Telefon werde abgehört. Wenn das stimmte, hätte also auch noch jemand anders von dem Treffen wissen können. Wo aber war dann der Polizist gewesen? Auch da gab es wieder verschiedene Möglichkeiten. Entweder er war zu spät gekommen. Oder man hatte ihn irgendwie außer Gefecht gesetzt. Tassilo seufzte und goß die warme Milch in den Kaffee. Wie man es auch drehte und wendete, es ergab kein klares Bild. Das alles war wie ein Baum, der sich andauernd verzweigte. Und manche Äste verwuchsen zu einem unentwirrbaren Labyrinth, einem sich stetig verdunkelnden Wald, der irgendwann auch das letzte Licht der paar sicheren Gewißheiten, die es überhaupt noch gab, verschlucken würde. Deswegen ist der Schwarzwald schwarz, dachte Tassilo und trank seinen Kaffee, hier fehlt das Licht der Aufklärung. Kein Mensch blickt hier durch. Vielleicht wurde er ja auch schon seit Tagen beobachtet, fiel ihm ein, und man war ihm gestern abend einfach ins Tal gefolgt. Auch das war durchaus möglich. Tassilo ging zum Fenster und schob vorsichtig die Gardine zur Seite.

Er wurde tatsächlich beobachtet. Sein Vermieter Bernhard Sum stand auf der Wiese vor der Ferienwohnung und sah zu ihm hoch. Sum winkte. Tassilo hob lasch die Hand zum Gruß. Der hagere Mann mit den dünnen Beinen und dem kleinen Kugelbauch, der sich über seine Shorts wölbte, machte keine freundlichen Handzeichen. Er war sauer. Außerdem wollte er anscheinend in die Wohnung kommen. Tassilo ließ die Gardine los. Sum durfte auf keinen Fall den

Toten sehen. Er knallte die Kaffeetasse auf den Tisch und lief zur Wohnungstür, um Sum abzufangen. Aber er kam zu spät.
„Herr Trenkler, in aller Freundschaft, aber so geht das nicht.“ Sum stand schon in der Diele.
Tassilo baute sich in der Wohnzimmertür auf. „Guten Morgen, Herr Sum.“
„Der Rasen ist ruiniert. So wie Sie aussehen,“ er musterte Tassilo, der immer noch nicht aus den klammen und verdreckten Sachen der letzten Nacht gekommen war, „müssen Sie sich ja heute nacht regelrecht durchs feuchte Gras gewälzt haben, alles plattgetreten und voller Spuren. So läßt sich das ja nie mehr mähen. Sie glauben nicht, was ich mir für eine Mühe mache, daß Sie es hier schön haben. Aber wenn ich mit dem Rasen zum Bauern komme, der ihn mäht, der zeigt mir ja einen Vogel, sowas läßt sich nicht machen, sagt der mir.“ Sum holte tief Luft.
Tassilo nutzte die Sekunde. „Herr Sum, das tut mir wirklich schrecklich leid. Ich weiß wirklich nicht, wie das passieren konnte.“ Das war sogar die Wahrheit.
„Wissen Sie, Herr Trenkler, wenn ich mir den Rasen ansehe, da fragt man sich als Vermieter natürlich, wie sieht denn meine Wohnung aus. Gehen Sie mit der auch so um? Und da dachte ich mir, ich seh' am besten mal nach. Sicher ist sicher, wie meine Frau immer sagt. Urplötzlich ist dann der Herr Mieter weg, und unsereins sitzt auf den Trümmern. Nichts für ungut, Sie sind Lehrer, aber das ist alles schon vorgekommen. Ich vermiete seit zwanzig Jahren, da erlebt man einiges.“ Sum baute sich vor Tassilo auf. „Wenn ich dann bitten dürfte.“
Tassilo hielt ihn am Arm fest. „Das ist jetzt wirklich ganz unpassend. Kommen Sie doch in einer Stunde wieder, Herr Sum.“

Aber Herr Sum wollte seine Wohnung sofort inspizieren. Er befreite sich aus Tassilos Griff und drängte sich an ihm vorbei. „Es ist nicht so wie Sie denken,“ versuchte Tassilo noch abzuwiegeln. Aber Sum dachte schon, was er nicht denken sollte. Er starrte auf die Leiche im Schaukelstuhl und begann leicht zu zittern. Langsam ballte er die Fäuste und lief rot an. „Mörder, Hundsvott von Mörder,“ preßte er zwischen den Zähnen vor.
Tassilo hatte keine andere Wahl, er nahm das Schmucktablett mit dem Thoma-Motiv und schlug mit aller Kraft zu. Bernhard Sum kippte um, ohne einen weiteren Laut von sich zu geben.
„Entschuldigung,“ sagte Tassilo leise. Er holte den Strick, den er im Vorratsraum gesehen hatte, und band Sum zusammen mit dem Toten an den Schaukelstuhl. Dann zog er sich trockene Kleider an und lief den Weg zum Holzschlagbachtal, wo er seinen Golf gestern abend abgestellt hatte. Zum Glück war es früh am Morgen, der Wagen hatte niemanden gestört.
Zurück in der Wohnung war Sum immer noch bewußtlos. Tassilo warf seine Kleider hastig in den Koffer. Im Wohnzimmer legte er seinen Wohnungsschlüssel und dreihundert Mark auf den Tisch. Für die zwei Nächte, die er hier gewohnt hatte, war das mehr als genug.
Als er mit dem Wagen auf die Schauinslandstraße Richtung Notschrei bog, hörte er in der Ferne die Sirene eines Polizeiwagens. Tassilo gab Gas.

12.

Eduard Auerbach hustete. Er hatte einen staubtrockenen Mund vor Aufregung. Jetzt kam es drauf an.

Vor Tassilo Trenklers Feriendomizil in Muggenbrunn trat er so heftig auf die Bremse, daß er den Motor abwürgte. Die Sirene heulte noch ein paar Sekunden vor sich hin. Erst als er die Zündung abstellte, gab sie Ruhe.

Er zog die Dienstwaffe und stürmte den Rasen hoch. Inzwischen hatte sich bestimmt die gesamte Nachbarschaft hinter den Gardinen versammelt. Das alles mußte jetzt ganz echt aussehen. Er durfte sich keinen Patzer leisten. Für ihn ging es um Kopf und Kragen.

Mit dem Fuß, wie er es gelernt hatte, trat er die Wohnungstür auf, warf sich auf die Seite. Sichern, nannte man das unter Kollegen. Er war gut, er war in Form, das war Miami Vice in Muggenbrunn. Er machte einen Ausfallschritt nach vorn. Kein Gegner in Sicht. Die Diele war frei. Im Kampfstellung plazierte er sich vor der Wohnzimmertür. „Geben Sie auf!" brüllte er so laut, daß man es noch unten am Tennisplatz hören konnte. „Jeder Widerstand ist zwecklos!" Dann zerdepperte er die Butzenscheiben der Wohnzimmertür.

Auerbach blieb das Herz fast stehen. Im Schaukelstuhl saßen der Tote und Bernhard Sum. Der alte Sum war mit einer Wäscheleine an den Toten gebunden. Aus blutunterlaufenen Augen glotzte er Auerbach an. „Die Scheiben wirst du zahlen, Edi," sagte er mit einer Stimme, die nicht mehr von dieser Welt war.

Auerbach verstand kein Wort. Er hatte Trenkler hopp nehmen wollen. Statt dessen war Sum an den Toten gefesselt.

„Wie kommst du denn daher, Hardi?“ fragte er entgeistert.
„Das siehst du doch,“ schnauzte Sum, „mein Mieter hat mich hier gefesselt, nachdem ich ihn mit diesem Toten da erwischt hab.“ Er deutete mit dem Kopf auf die Leiche neben sich.
„Und wo ist er jetzt, dein Mieter?“
„Ich habe keine Ahnung. Abgehauen wird er sein, der feine Herr Studienrat. Niedergeschlagen hat er mich mit meinem eigenen Tablett, der Sausack. Ich bin erst durch dein idiotisches Gebrüll wieder zu mir gekommen.“
Auerbach nahm die Tasse Kaffee in die Hand, die auf dem Tisch stand. „Der ist ja noch warm,“ meinte er, „weit kann er nicht sein. Immerhin hat er die Schlüssel dagelassen. Und gezahlt hat er auch.“ Er hob drei Hundertmarkscheine auf, die auf dem Tisch lagen, und wedelt damit herum.
„Leg sofort mein Geld hin und binde mich gefälligst los.“ Sum wurde ungeduldig. Als Auerbach ihn befreit hatte, fragte er: „Wie kommst du eigentlich hierher?“
„Ein anonymer Anruf,“ log Auerbach. „Jemand sagte, ich solle sofort zu dir in die Ferienwohnung. Da sein ein Killer bei der Arbeit, oder so. Genau hab' ich ihn nicht verstanden. Muß Ausländer gewesen sein.“
„Und jetzt?“ Sum steckte sein Geld ein.
Auerbach zuckte mit den Schultern. „Das Übliche. Ich mach Meldung. Die Sache wird natürlich untersucht. Ist ja keine Kleinigkeit, so ein Toter.“
„Was soll denn das bedeuten: die Sache wird untersucht, du machst Meldung?“ Sum griff nach Auerbachs Arm. „Willst du mich ruinieren oder was?“
Auerbach sah Sum verständnislos an.
„Na, bei einem Toten da muß doch sicher die Kripo kom-

men, das macht so ein Dorfsheriff wie du doch nicht allein, darfst du doch gar nicht," erklärte Sum, „und wenn deine Herrn Kollegen aus Freiburg erst da sind, dann ist auch die Zeitung da, die Badische. Und wenn die kommt, kommen auch der Scharzwälder Bote und das Breisgau Radio. Und dann hab ich gleich auch noch FR1 da und Radio Regenbogen, die ganze Schwätzerbande. Und alle werden sie auf mich zeigen und sagen, der Bernhard Sum aus Muggenbrunn hatte eine Leiche in seiner Ferienwohnung, die war so alt, die stank schon. Haben Sie denn nicht gemerkt, was da in ihrer Wohnung vor sich geht, Herr Sum, werden sie mich fragen. Sie wohnen doch direkt nebendran. Machen sie denn nicht sauber, Herr Sum, wird es heißen." Er haute mit der Faust auf den Tisch. „Edi, das kann ich mir nicht leisten. Wer nimmt dann meine Wohnung? Würdest du Ferien machen wollen, wo tagelang ein Toter gesessen hat? Urlaub auf Frankensteins Schloß? Nein danke, Herr Sum, wird jeder sagen und an die Ostsee fahren. So läuft das, Edi. Ich kenn mich aus im Tourismus. Da hast du als Sheriff natürlich keine Ahnung davon."

„Und was willst du jetzt von mir, Hardi?" fragte Auerbach.

„Ich will, daß das alles ein bißchen diskret zugeht. Muß doch niemand wissen, daß der da," Sum deutet auf die Leiche im Schaukelstuhl, „bei mir in der Wohnung war. Den kann man doch auch woanders finden."

„Du meinst, ich soll den verschwinden lassen?" Auerbach war ehrlich erstaunt.

Sums Stimme wurde leise. „Natürlich nicht jetzt. Heute nacht, Edi. Da merkt keiner was. Wir gehen jetzt einfach raus, und tun, als wär das ein Superwitz gewesen mit deinem Einsatz.

Und in der Nacht kommst du, und holst den ab."
„Und wenn ich mich weigere?"
„Dann zahlst du mir die beiden Türen, die du zertreten hast. Und ich erzähle Hetti von deinem Abenteuer beim letzten Feuerwehrfest in der Silberberghalle."
Auerbach blieb die Spucke weg. „Das kannst du nicht tun," ächzte er.
Sum grinste breit. „Das kann ich tun. Hetti wird sich brennend dafür interessieren, was du mit der kleinen Mink getrieben hast."
Auerbach lief von der Eckbank zur Couch, von der Couch zur Küchentheke, von dort wieder zur Eckbank. Er saß in der Klemme. Wenn er Meldung machte und Trenkler auffliegen ließ, war er ruiniert. Wie er Sum kannte, würde er nicht nur die beiden Türen reparieren lassen, Sum würde das ganze Haus auf seine Kosten renovieren. Das käme ihn schon teuer genug. Vor allem aber wäre seine Ehe im Eimer. Hetti würde ihm nie verzeihen, daß er mit der kleinen Mink rumgemacht hatte. Dabei, was hieß das schon? Das eine Nümmerchen hinter der Silberberghalle damals war nun wirklich nicht die Welt gewesen. Und von den anderen Treffen konnte Sum ja wohl nichts wissen. Und dann, was hieß eigentlich 'die kleine Mink', immerhin war sie auch schon über 40. An sich hatte Hetti keinen Grund sich anzustellen. Aber sie würde es natürlich trotzdem tun. Und zwar verdammt gründlich. Dabei war sie auch nicht sonderlich kleinlich gewesen.
Es hatte früher im Schwarzwald den alten Brauch einer Art Probenacht gegeben. Ein Bursche machte einem Mädchen den Hof. Wenn er ihr gefiel, ließ sie ihn in seine Kammer. Wurde das Mädchen schwanger, mußte natürlich geheiratet

werden. Passierte aber nichts, und man gefiel einander nicht, hatte jeder das Recht, die Beziehung abzubrechen. Der Bursche suchte eine andere Braut, das Mädchen einen anderen Bräutigam.
Hetti hatte sich seiner- bzw. ihrerzeit gründlich umgetan. Da war Auerbach sicher. Sie hatte also eigentlich keinen Grund, sich aufzuregen. Aber sie würde es natürlich trotzdem tun. Und dann ... Gnade ihm Gott.
Andererseits, würde er die Leiche heute abend holen, dann war er keinen Schritt weiter. Er saß schon wieder mit dem Scheißtoten im Kofferraum da und konnte sich überlegen, wie er ihn loswurde. Bislang war jeder Versuch fehlgeschlagen. Die Leiche kam wie ein Bumerang zu ihm zurück, was immer auch machte.
„Und?" fragte Sum und riß Auerbach aus seinen Gedanken. „Wie hast du dich entschieden, Edi?"
„Du bist ein Arschloch, Hardi," brummte Auerbach, „aber du läßt mir ja keine Wahl."
„Gut, dann sehen wir uns heute abend. Ich würde sagen so gegen Mitternacht." Sum ging zur Küchentheke und nahm die Flasche Kirsch, die dort stand. Er füllte zwei Gläser und ging zu Auerbach. „Hier, Edi. Darauf trinken wir."
Auerbach kippte den Schnaps in einem Zug. Damit war der Pakt besiegelt. Er hatte die Leiche wieder am Hals. Draußen bellte ein Mops.
„Wo kommt das Vieh eigentlich her?" fragte er.
Sum zuckte mit den Schultern. „Keine Ahnung. Ich hab den Köter noch nie hier gesehen."
Auerbach steckte seine Pistole ein, rückte die Dienstmütze gerade und ging ohne Gruß nach draußen. Kein Mensch war

zu sehen. Anscheinend war es den Gaffern inzwischen langweilig geworden. Außerdem war man im Schwarzwald zwar neugierig, gab es aber nicht gerne zu. So blieb ihm wenigstens erspart, mit Sum noch Theater zu spielen. Nur der Mops wartete auf ihn und hüpfte freudig aufgeregt vor ihm her zum Auto.

13.

Tassilo Trenkler legte den Kopf in den Nacken und sah zum Heiligen Blasius hoch. Den hatte man gefoltert, weil die wilden Tiere ihn liebten. Man hatte ihn mit Ruten geschlagen, an den Händen aufgehängt und mit eisernen Kämmen das Fleisch vom Leib gerissen. Tassilo hatte nur Urlaub machen wollen. Gegen Blasius ging es ihm noch gold.

Nach seiner Flucht aus Muggenbrunn am frühen Morgen war er direkt nach St. Blasien gefahren. Unterwegs hatte er Juliane angerufen und sich mit ihr für den frühen Abend vor dem Dom verabredet. Sie hatte keine Fragen gestellt. „Ich freue mich auf dich," hatte sie gesagt und sofort wieder aufgelegt. Wahrscheinlich war ihr Mann noch da, und sie hatte nicht sprechen können. Tassilo hatte es nicht weiter gestört. Dr. Weber würde heute noch zu seiner Rektorenkonferenz fahren. Und wie hätte er am Telefon auch die Ereignisse der letzten Tage schildern sollen? Wenn er in Ruhe darüber nachdachte, und viel mehr hatte Tassilo den Tag über nicht getan, schien ihm seine Reise in den Schwarzwald merkwürdig unwirklich.

Er hatte für sich und Juliane ein Zimmer in einer modernen Pension gemietet und war nach einer heißen Dusche den Rest des Tages durch die Stadt spaziert. Am Mittag hatte er ausgiebig gegessen und am Nachmittag ein Konzert im Kurpark verschlafen. Die letzte Nacht steckte ihm in den Knochen.

Tassilo sah auf die Uhr. Juliane mußte bald da sein. Er ging von der St. Blasius-Statue am Domplatzbrunnen die paar Schritte zu dem mächtigen weißen Kuppeldom hinüber, der seit dem späten 18. Jahrhundert das Wahrzeichen der Stadt war. Immerhin war der klassizistische Bau die drittgrößte Kuppelkirche Europas. Aber für ein solches architektonisches Meisterwerk war der Schwarzwald ein unsicheres Terrain. Mehrfach hatte die Kirche gebrannt. 1874 war fast die ganze Kuppel ein Raub der Flammen geworden, 1977 das zur Kirche gehörenden Jesuitenkolleg.

Tassilo setzte sich auf die breite Freitreppe vor dem mächtigen Portal. In der Abendsonne wirkten die sechs hohen dorischen Säulen am Eingang, als wären sie aus Gold. Ein leichter Wind wehte und der Himmel war von einem sanften Blau. Tassilo lehnte sich zurück. Eigentlich hätte es so schön sein können, wenn ... er brachte den Gedanken nicht zu Ende. Auf der anderen Seite des Domplatzes sah er Juliane. Er winkte ihr zu, blieb aber sitzen um sie anzuschauen. Er liebte es, sie auf sich zugehen zu sehen.

Juliane trug das gelbe Sommerkleid, das sie gemeinsam am letzten Tag vor den Ferien gekauft hatten. Mit federnden Schritten kam sie auf ihn zu, die Füße in weißen Turnschuhen. In ihren kurzen dunkelblonden Haaren spielte der Wind. Die Sonnenbrille hatte sie auf die Stirn geschoben. Die letzten Meter ging sie nicht mehr, sie breitete die Arme aus und lief auf ihn zu.

„Tassilo," lachte sie und umarmte ihn, „mein Tassilo, du Kindskopf. Was hast du nur gemacht - so allein in diesem schwarzen Wald? Dein letzter Brief klang ja ganz furchtbar."

Er kam nicht dazu, ihr zu antworten. Juliane küßte ihn ausgiebig. Und weil er glücklich war und erleichtert, nicht mehr allein zu sein, liefen ihm die Tränen über die Wangen.

Sie wischte ihm die Tränen ab. „So sehr freust du dich?"

Tassilo legte den Kopf an ihre Schulter.

„Jetzt ist es ja gut," flüsterte sie ihm ins Ohr, „ich bin ja da." Sie drückte ihn an sich. „Es ist herrlich hier. Die Kirche sieht aus, als hätte man sie mit Gold übergossen. Komm, die müssen wir uns ansehen."

„Juliane, ich muß dringend mit dir reden." Tassilo war es ganz und gar nicht nach einer Kirchenbesichtigung. Er wollte sich endlich die Ereignisse der letzten Tage von der Seele reden. Aber Juliane ließ keinen Widerspruch zu. Sie zog ihn hoch. „Reden können wir später. Hast du mir nicht erzählt, man müsse wieder lernen, die Welt jeden Tag neu zu sehen. Trink, o Auge, was die Linse hält, von dem Überfluß der Welt. Das hast du gesagt."

„Erstens war das nicht ich, Juliane, sondern Gottfried Keller. Und zweitens heißt es Wimper und nicht Linse. Trinkt, o Augen, was die Wimper hält, Von dem goldnen Überfluß der Welt!" Den Deutschlehrer wurde Tassilo einfach nicht los. Er trottete hinter Juliane her in den Dom.

Der Eindruck war überwältigend, weiß, riesig, rund. Sobald man die Kirche betrat, stand man unter der Kuppel. Der Raum wirkte wie das römische Pantheon. Juliane kaufte einen Führer und las vor, daß der Zentralraum sechsunddreißig Meter hoch und breit war. Eine riesige Kugel ließ sich also in den Raum einpassen. Sechzehn Säulen, die wiederum sechzehn Meter hoch waren bildeten die Begrenzung des Innenraums. Er öffnete sich zu einem Chorraum hin, über dem die Orgel thronte. Der Chor wurde durch ein hohes Gitter von der Rotunde getrennt.

„Dahinter beten die Mönche," flüsterte Juliane. „Möchtest du Mönch sein heute nacht?"

„Nein." Er küßte sie auf die Wange. „Aber ich weiß, warum

die Mönche sich hinter so einem hohen Gitter verschanzt haben."
Sie sah ihn verständnislos an.
„Weil sie hier im Schwarzwald ihres Lebens nicht sicher waren."
Juliane runzelte die Stirn, hakte sich bei ihm ein und sagte: „Komm laß uns gehen und was essen. Und dabei erzählst du mir dann, was los ist."
In der Nähe der Alb, die durch St. Blasien floß, fanden sie ein ruhiges und gemütliches Restaurant. Tassilo entschied sich für eine Kuttelsuppe, Juliane bestellte einen Teller mit Bauernbrot und Schwarzwälder Schinken.
Nach dem Essen erzählte Tassilo bei einem Glas Gutedel. Er berichtete von seiner Fahrt in den Schwarzwald, dem Abend in St. Roman und dem Tag in Freiburg. Umständlich und auf jedes Detail bedacht schilderte er seinen mißglückten Spaziergang auf dem Schauinsland und wie er dann die Leiche im Schrank seines Hotelzimmers gefunden hatte. Als er von den polizeilichen Untersuchungen berichtete, platzte Juliane heraus: „Sag mal, den Unsinn hast du geglaubt? Ein Polizist mit der Spurensicherung in der Aldi-Tüte?"
„Was hätte ich denn sonst tun sollen, Juliane. Ich habe die Polizei angerufen, und die ist ja auch gekommen. Da denkt man doch, es ist alles in Ordnung."
„Ist ja schon gut, aber einen Polizisten der eine Leiche aus dem Fenster wirft, das gibt es wirklich nicht."
„Doch das gibt es. Ich habe selbst mit angefaßt." Tassilo ließ beleidigt die Unterlippe hängen.
Juliane nahm seine Hand. „Entschuldige. Ich wollte dich nicht unterbrechen."
Also erzählte Tassilo, wie er am nächsten Tag die Leiche im

Kofferraum seines Auto gefunden hatte. Er rekapitulierte das Telefongespräch mit Auerbach. In allen Einzelheiten berichtete er schließlich von der letzten Nacht, von seiner Verabredung mit Auerbach, von dem Schuß, den man auf ihn abgefeuert hatte, der aber den Toten auf seinem Rücken getroffen hatte; seine Irrungen und Wirrungen im Schwarzwald, die Nazis, Heideggers Hütte, den Feldberg-Ranger, er ließ nichts aus. Tassilo schloß seinen Bericht mit der erneuten Entdeckung der Leiche am frühen Morgen. „Und dann habe ich diesen Sum niedergeschlagen." Er verbarg das Gesicht in den Händen. „Er wollte nicht mit sich reden lassen. Nur geschrien hat er. Was hätte ich sonst machen können?"

„Und weiter?" Juliane biß sich auf die Unterlippe.

„Ich habe meine Sachen gepackt und bin hier her. Über Kirchzarten und Titisee-Neustadt. Ein Umweg war das, aber ich wollte auf keinen Fall durch Todtnau. Am Ende wäre ich noch diesem Auerbach begegnet. Von unterwegs habe ich dich dann angerufen."

Juliane bestellte zwei Cognac. „Trink mal einen Schluck. Das wird dir gut tun," sagte sie.

Eine Weile schwiegen die beiden und nippten an ihren Gläsern.

„Sag mal," beendete Tassilo das Schweigen, „war dein Mann eigentlich schon weg, als ich angerufen habe."

Juliane verneinte. „Deswegen war ich so kurz angebunden. Ich habe gesagt, es sei meine Freundin aus Hamburg gewesen. Bei der bin ich ja offiziell."

„Meinst du, er weiß was?"

„Nein. Du kennst ihn ja. Stur, korrekt, langweilig. Ein Ignorant. Der merkt nie was. Er hat seine Sachen gepackt, jedes Hemd auf exakte DINA4-Größe, das kannst du mit einem

Blatt nachprüfen, und ist gefahren. Mach dir wegen Magnus keine Gedanken. Du hast genug am Hals."
Das stimmte. Tassilo zahlte, und die beiden spazierten durch den Ort. Vor einer barocken Sonnenuhr, die auf eine Hauswand gemalt war, blieben sie stehen. Die Uhr zeigte nicht nur die Stunden, sondern auch Monate und Sternzeichen an. Arm in Arm betrachteten sie das üppige Fresko.
„Jemand versucht, dir einen Mord anzuhängen," sagte Juliane.
„Und wer sollte das sein?"
„Ich denke, der Polizist hat was damit zu tun. Was du erzählt hast, ist so absurd, da muß einfach irgendwo eine faule Stelle sein."
„Ich habe mir auch schon überlegt, daß Auerbach damit zu tun hat. Aber ich komme nicht drauf, was es sein könnte. All seine Geschichten, daß man die Schwarzwälder Gastronomie schützen müsse, daß der Tote von der Wache geklaut worden ist, das stinkt zum Himmel. Aber unmöglich ist es auch nicht. Ich hab mir gesagt, da stimmt was nicht. Der holt den Toten ab, und dann höre ich nichts von ihm. Kein Protokoll, keine Aussage, nichts. Aber am Tag danach behauptet er, er hat mich gesucht. Ich sei ja aus dem Engel ausgezogen. Und ich hatte tatsächlich meine neue Adresse nicht hinterlegt."
„Und das hat dich wieder unsicher werden lassen."
„Ja."
Juliane lächelte ihn an und küßte seine Nasenspitze. „Du denkt zu viel, mein Schatz."
„Und was soll ich statt dessen tun?"
„Du mußt handeln." Sie zog ihn hinter sich her zu einer der vielen kleinen Brücken, die über die Alb führten, lehnte sich über das Geländer und sah ins Wasser. „Du darfst dich nicht

treiben lassen. Du mußt bestimmen, wo es lang geht. Aktion statt Reaktion, Tassilo. Wenn du immer wartest was passiert, dann kommst du nie aus dem Schlamassel raus. Nimm mal die Sache in diesem Tal. Hättest du selbst einen Treffpunkt vorgeschlagen, dann sähe alles vielleicht ganz anders aus. Dann hätte niemand auf dich geschossen. Jedenfalls wüßtest du, ob dieser Polizist gelogen hat oder nicht."
Tassilo seufzte. Im Bett war ihm Julianes Aktivismus ganz lieb. Ansonsten störte er ihn eher. „Du bist gut. Was soll ich denn deiner Meinung nach tun?"
Juliane sah ihm direkt in die Augen. Mit Nachdruck sagt sie: „Laß die Leiche verschwinden, Tassilo. Wo keine Leiche ist, da ist auch keine Anklage. Dann hat niemand etwas gegen dich in der Hand. Ich bin sicher, hättest du sie im Wald vergraben statt die Polizei anzurufen, es wäre nichts passiert."
Das war stark. Tassilo brauchte eine Weile, um den Vorschlag zu verdauen. „So einfach ist das nicht."
Juliane sah das offensichtlich anders. „Wir könnten sie in einen See werfen. Schluchsee, Titisee, Albsee, hier ist doch überall Wasser. Und tief ist es auch."
„Na gut, aber dazu müßten wir die Leiche überhaupt haben."
Juliane lachte ihr glockenhelles Lachen, das Tassilo so liebte. Sie hauchte ihm einen Kuß auf die Wange und lief dann über die Straße zu einer Eisdiele. Mit einer Tüte Eis in jeder Hand kam sie zurück. „Hier." Sie drückte Tassilo ein Eis in die Hand. „Ich sage dir," erklärte sie ihm, „wenn dein Polizist eine weiße Weste hätte, wäre das alles ganz anders gelaufen. Du wärst verhört worden, man hätte deine Fingerabdrücke genommen, dein Alibi überprüft, was weiß ich. Und du hättest tausend Protokolle unterschreiben müssen. Du kennst

den Beamtenscheiß doch aus der Schule. Da kriegst du keinen Bleistift ohne drei Durchschläge. Aber was macht dein Polizist? Der wirft Leichen aus dem Fenster und schleicht sich dann raus. Dem hört man angeblich das Telefon ab und er bestellt einen Zeugen um Mitternacht mit einer Leiche in den Wald. Tassilo, das ist nicht nur faul, wie du vermutest, das stinkt zum Himmel. Der Mann hat was zu verbergen. Und ich wette mit dir, der hat jetzt auch die Leiche."

„Das ist unmöglich, Juliane. Ich hab Sum heut früh auf die Leiche gebunden. Das kann doch kein Polizist ignorieren. Der kann dem Mann doch nicht auch noch Theater vorspielen."

„Warum denn nicht? Wenn du nichts weitersagen sollst, warum soll dann jemand aus dem Dorf was erzählen dürfen? Ich bin sicher, dieser Polizist hat jetzt die Leiche."

„Und wenn ein ganz anderer Polizist Sum gefunden hat?"

„Darüber denken wir nach, wenn wir es genau wissen."

Das war typisch Juliane. Sie lebte mit einer ungeheuren Leichtigkeit in den Tag hinein. Vielleicht dachte sie noch an morgen, aber übermorgen lag jenseits ihres Horizonts. Erstaunlich war nur, daß sie gut damit fuhr. Tassilo dagegen plante jede Kleinigkeit wie ein Schachspiel durch. Für jedem möglichen Zug versuchte er, alle Gegenzüge und jede seiner weiteren Reaktionen darauf zu bedenken. Meist kam er mit der Methode nicht weit. Er nahm Julianes Hand und fragte: „Was schlägst du also vor?"

„Wir fahren morgen mit meinem Wagen nach Todtnau. Den kennt dort keiner. Dann finden wir raus, wo dieser Polizist steckt. Wir beobachten ihn einfach ein bißchen und sehen weiter. Wenn er die Sache gemeldet hat, steht sowieso alles in der Zeitung. Aber ich wette mit dir, Schatz, da steht keine Zeile."

„Und wenn er die Leiche schon versteckt hat?" Irgendeinen Einwand hatte Tassilo immer noch auf Lager.

Juliane zuckte mit den Schultern und biß den letzten Rest ihrer Eiswaffel ab. „Darüber können wir uns morgen noch lange genug den Kopf zerbrechen. Jetzt würde ich ihn gern ein bißchen verlieren." Sie küßte ihn lange.

Tassilo preßte sie an sich und erwiderte ihren Kuß. Vielleicht hatte Juliane recht. Aber so spät am Abend ließ sich zum Glück nicht mehr viel machen.

„Laß uns gehen," sagte er heiser, „unsere Pension ist ganz in der Nähe."

Eng umschlungen liefen Tassilo und Juliane durch St. Blasien ihrer Liebesnacht entgegen. Sie merkten nicht, daß sie von einem Mercedes verfolgt wurden. Am Steuer saß Dr. Magnus Weber.

14.

Eduard Auerbach riß das Papier von seinem Underberg. Er schraubte den roten Plastikverschluß ab und setzte an. Mit geschlossenen Augen ließ er den Magenbitter durch die Kehle rinnen. „Noch einen, Johann." Er warf das leere Fläschchen in den Mülleimer.

„Probleme?" Johann Pröpper, der Inhaber des Kiosk bei den Todtnauer Wasserfällen, pflanzte den Nachschub vor ihm auf die Theke. Auerbach antwortete nicht sofort. Erst trank er seinen Underberg. Er rülpste, wischte sich den Mund mit dem Handrücken ab und warf das Fläschchen wieder weg. „Das kannst du laut sagen, Johann."

„Hetti?" wollte Pröpper wissen.

Auerbach winkte ab. „Wenn's das nur wäre. Das bin ich gewohnt."

„Ärger im Revier?" forschte Pröpper weiter. Als Kioskbesitzer lebte er nicht nur von den Touristen, sondern auch vom neusten Dorfklatsch, den er den Einheimischen weitererzählen konnte.

„Laß mal." Auerbach hatte wirklich keine Lust, von seinen Schwierigkeiten zu erzählen. Das macht die Sache nur schlimmer.

„Der geht auf Kosten des Hauses." Pröpper stellte einen frischen Underberg hin. Ein bißchen Schmiermittel konnte nicht schaden, wenn man Informationen wollte.

Auerbach präparierte das Getränk, bedankte sich: „Auf dich, Johann," und legte den Kopf in den Nacken. Im Mülleimer klirrte das viele Glas inzwischen. Demonstrativ drehte er Pröpper den Rücken zu. So ein Underberg gratis war eine nette Geste, aber reden würde er auf keinen Fall. Die Leiche im Kofferraum seines Audi ging niemanden was an.

Mit glasigen Augen betrachtete Auerbach die Szenerie. Er schwitzte. Den ganzen Tag über war es drückend heiß und schwül gewesen. In der Nacht würde es sicher ein Gewitter geben. Außerdem tat das halbe Dutzend Underberg ein übriges. Langsam fuhren ein paar Autos vorbei. Der Kiosk lag in einer engen Kurve an der Straße zwischen Muggenbrunn und Aftersteg, das hundert Meter weiter unten begann. Gleich in der nächsten Kurve war der Glasbläserhof, in dem Thomas arbeitete. Auerbach sah auf die Uhr. Noch ein paar Minuten, dann hatte der Junge Feierabend.

An den Tischen stand nur eine einzige Familie. Holländer, wie es sich anhörte. Das Ehepaar und die beiden Kinder tranken Cola und Mineralwasser, dazu aßen sie Hot Dogs und Pommes rot-weiß.

Wer hier Rast machte, war auf der Durchreise oder einer Besichtigungstour. Im sogenannten Todtnauer Ferienland gehörte ein Besuch der Wasserfälle zum festen Urlaubsrepertoire. Meist waren es die Kinder, die ihren Eltern einen Halt am Kiosk aufzwangen. Irgendwas wollten die Gören immer haben, einen der bunten Luftballons, die Pröpper am Kiosk hängen hatte, eine Süßigkeit oder Pommes. Die Kinder in Kevins Alter wurden von den bunten Titelbildern der Musikzeitschriften angezogen, die auf einem Ständer aufgereiht waren.

„Noch einen, Edi?" fragte Pröpper.

Er schüttelte den Kopf, ohne den Wirt anzusehen. Zuviel durfte er jetzt nicht trinken, auch wenn er gern noch einen genommen hätte.

Aus dem Wald, von den Wasserfällen her, kam eine kleine Gruppe Wanderer. Ein Mann stellte sich neben ihn und bestellte vier Bier. An sich liebte Auerbach es, hier zu stehen und die Gesprächen der Touristen anzuhören. Sie schwärmten von der Natur, meckerten über die Preise und diskutierten die Schnitzelgröße in den verschiedensten Gasthäusern. Der Mann neben ihm erzählte Pröpper von den Wasserfällen. „Fünfundneunzig Meter sind die Wasserfälle sogar," unterbrach Johann den Redeschwall, „das macht dann Sechzehnvierzig."

Den ganzen Tag erzählte Pröpper irgendwelchen Leuten über die Wasserfälle, daß es wirklich nur zehn Minuten zu gehen sei, daß der Weg gut ausgeschildert sei, der Besuch lohne, und meist fügte er lachend an, ein bißchen Proviant könne in gar keinem Fall schaden. Auerbach beruhigte das Geschwafel irgendwie. Es gab ihm ein Gefühl, daß die Welt in Ordnung sei und es noch Dinge gab, auf die man sich verlassen konnte, weil Johann fast immer wortwörtlich die gleiche Ansprache hielt, wenn er von Gästen nach den Wasserfällen gefragt wurde. Aber heute ging ihm Pröpper auf die Nerven.

Er schlurfte zu einem leeren Stehtisch und ließ den Kopf hängen. Seit er gestern abend die Leiche bei Sum abgeholt hatte, saß er auf heißen Kohlen. Der Tote lag in einem schwarzen Plastikmüllsack im Kofferraum seines Audi. Immerhin hatte Sum den Sack spendiert, weil der Tote inzwischen fürchterlich stank. Ansonsten war Sum ihm nur dumm gekommen. Er hatte gejammert, er könne die Wohnung ja gar nicht mehr vermieten, so stinke es. Und daß er keine Ahnung habe, wie er den Mief seiner Frau erklären solle, die ja die Wohnung putzen müsse. Dabei hatte Auerbach nichts gerochen. Aber vielleicht war er schon an den Geruch gewöhnt. Nur wenn er seinen Kofferraum aufmachte, kam es auch ihm inzwischen hoch.

Den ganzen Tag über hatte er seinen Audi nicht aus den Augen gelassen und überlegt, wie er die Leiche loswerden konnte. Trenkler war spurlos verschwunden. Da war wohl nichts mehr zu machen. Außerdem war bisher jeder Versuch gescheitert, dem Pauker die Leiche anzuhängen. Er hatte sogar bei seinem Schwager nach der Häckselmaschine gefragt, aber Jossi war ziemlich komisch geworden, so daß er nicht weiter nachgehakt hatte.

Das Schlimmste war, daß Hetti morgen mit dem Wagen zu ihrer Schwester nach Schopfheim wollte. Mitfahren konnte er unmöglich. Das tat er seit Jahren nicht, weil Leni ihm schrecklich auf die Nerven ging. Hetti fuhr immer allein und packte den Kofferraum voll mit Geschenken. Die Leiche mußte also weg. Und zwar sofort und endgültig. Er konnte sie unmöglich irgendwo zwischenlagern. In der Wohnung oder auf der Wache kam gar nicht erst in Frage. Sogar im Wald war es noch zu riskant. Die Leiche hatte etwas von einem Bumerang an sich. Was immer er versuchte, um sie loszuwerden - sie landete wieder bei ihm.

Als letzte Rettung war ihm Thomas eingefallen. Der Junge mußte ihm helfen. Immerhin hatte er den ganzen Unfug mit BND und BKA geglaubt, da würde er ein paar weitere Lügen auch noch schlucken. Zur Not hatte er Thomas' fehlenden Führerschein als Druckmittel.

Aus dem Tal heraus schlug es sechs Uhr. Auerbach machte Pröpper ein Zeichen, er solle anschreiben. Johann winkte, al-

les paletti. Er war ziemlich sicher, daß Johann den spendierten Underberg auf seinen Deckel setzte. Aber darauf kam es jetzt nicht an.
Auch wenn es bis zum Glasbläserhof keine dreihundert Meter waren, fuhr er die Strecke. Sicher war sicher. Das Auto wollte er sich nicht noch einmal klauen lassen. Er hielt an auf dem Besucherparkplatz der Glashütte. Wenig später tauchte Thomas auf.
Der Bub sah zum Fürchten aus. Ein Bär mit knallrotem Kopf, auf dem vereinzelt Haare sprießten, in grünen Shorts und einem T-Shirt auf dem stand: Beer made this wonderful body. Klar, das war seine Berufskleidung, vor dem Glasofen war es heiß, vor allem an einem Sommertag wie diesem. Warum der Junge das machte, wollte Auerbach nicht in den Kopf. Er dachte jedesmal, wenn er Thomas sah, darüber nach, aus welchem Grund man sich freiwillig im Hochsommer vor einen glühenden Ofen stellte und mit dicken Backen Weihnachtsbaumkugeln blies. Eine Zeit lang hatte er den Verdacht gehabt, Thomas hätte es auf Touristinnen abgesehen. Aber wenn man sich die dicken Muttis aus dem Kohlenpott, die winzigen Asiatinnen und die hageren Amerikanerinnen ansah, war das wenig wahrscheinlich. Thomas hielt es in dieser Hinsicht mit Hausmannskost.
Auerbach drückte kurz auf die Hupe und kurbelte das Seitenfenster runter während Thomas zu ihm herüber kam.
„Pa!“ grüßte er wie immer.
Auerbach tippte mit dem Finger an die Schläfe. „Wir müssen ein paar Takte reden, Thomas. Setz dich zu mir.“
Der Junge riß die Augen auf. Wenn sein Vater ihn beim Vornamen nannte, war meistens was im Busch. Er setzte sich ne-

ben ihn in den Audi. Während Auerbach wendete und vom Parkplatz fuhr, angelte Thomas aus seiner kleinen Kunstledertasche eine Dose Bier und nahm einen Schluck.
„Auch was, Pa?“ Er hielt seinem Vater die Dose hin.
„Später, Thomas.“
Das war ungewöhnlich, daß sein Vater ein Bier ablehnte.
Ein paar Minuten später parkte Auerbach auf einem Waldweg oberhalb von Todtnau. Obwohl weit und breit kein Mensch zu sehen war, kurbelte er die Fenster hoch. Thomas nippte an seinem Bier und sagte kein Wort. Auch sein Vater schwieg. Der Schweiß stand ihm in dicken Perlen auf der Stirn.
„Du mußt mir helfen, Thomas,“ sagte er dann und deutete mit dem Daumen nach hinten. „Der Tote ist wieder da.“
Thomas drehte sich um.
„Im Kofferraum,“ präzisierte sein Vater und hantierte mit einem Taschentuch.
„Ach so.“
„Es gibt Schwierigkeiten. Plötzlich heißt es, der Mann muß hier in Deutschland verschwinden. Dieser Trenkler vom BND hat mir den Arsch aufgerissen, weil wir ihm den angeblichen Herrn Bornemann ins Auto gelegt haben. So geht das nicht, hat er gebrüllt. Was ich mir denke und so. Und dann hat er mir gestanden, es gebe internationale Schwierigkeiten mit der Schweiz, wenn der Tote bei den Eidgenossen gefunden werde.“
„Aber da solltest du ihn doch hinbringen?“ Thomas deutete auf den Kofferraum.
„Ich weiß. Aber anscheinend hat man sich in Bonn oder beim Herzog in Berlin die Sache anders überlegt. Jetzt soll der

Mann im Schwarzwald entsorgt werden. Und zwar restlos und für alle Ewigkeit." Auerbach machte eine Kunstpause. „Und weißt du, wer das erledigen muß?" Er wartete nicht auf die Antwort seines Sohnes. „Mir haben sie die Drecksarbeit in die Schuhe geschoben. Ich als kleiner Beamter darf die Scheiße, die sie da irgendwo in der Regierung gebaut haben ausbaden. So sieht es aus, Thomas." Auerbach kam langsam in Fahrt. „Es ist wie immer in diesem Staat. Steuerreform, Rente, Krankenversicherung - der kleine Mann muß den Kopf hinhalten, wenn sie oben nicht weiter wissen."

„Und was soll ich jetzt tun, Pa?"

„Du mußt mir helfen, den Typ loszuwerden."

Thomas glotzte seinen Vater an. „Soll ich ein Loch graben, oder was?"

„Daran habe ich auch schon gedacht. Aber das ist viel zu riskant. Erstens ist der Wald voll mit Touristen. Da braucht nur ein Köter was zu schnüffeln, und schon bin ich dran. Was meinst du, wem sie die Leiche anhängen, wenn was rauskommt? Nein," Auerbach fuchtelte mit dem Finger herum, „das muß irgendwie endgültiger sein. Ich hatte an Jossis Häckselmaschine gedacht, aber als ich bei deinem feinen Onkel auch nur eine Andeutung gemacht habe, ob er nicht ... na ja, das können wir vergesssen."

Thomas' Augen weiteten sich. Langsam schien er zu ahnen, worauf sein Vater hinaus wollte. „Du meinst doch nicht ..." flüsterte er.

Auerbach nickte. „Der große Ofen bei euch in der Werkstatt."

„Da geht der nie rein," wehrte sich Thomas, „das kannst du gleich vergessen."

„Am Stück vielleicht nicht, aber in Einzelteilen schon.“ Auerbach hatte über das Problem nachgedacht.
„Auf keinen Fall. Da mach ich nicht mit. Einen Toten in die Schweiz verschieben, na gut. Aber ihn zerhacken und verbrennen tu ich nicht. Ich bin doch nicht Frankenstein.“ Thomas zerdrückte seine leere Bierdose.
„Hör mal, Junge,“ Auerbach blieb ganz ruhig, er hatte mit den Bedenken seines Filius gerechnet, „wenn da was rauskommt, dann bist du mit dran. Gut, du hast den Toten nur in den Kofferraum von Trenklers Auto gelegt. Ich weiß das. Aber bei sowas hinterläßt man Spuren. Fingerabdrücke, Haut, Haare, irgendwas bleibt immer hängen. Und wenn das gefunden wird, dann kannst du erzählen was du willst, man wird dir so wenig glauben wie mir. Der alte und der junge Auerbach haben einen um die Ecke gebracht, wird es heißen. Und ich garantiere dir, Bub, sie werden uns so heiß rösten, da ist dein Glasofen ein Kühlschrank dagegen. Die Sache mit dem Vergraben ist gut und schön. Aber vor zwei Jahren noch haben sie einen Toten auf dem Geisköpfle gefunden. Erinnerst du dich?“
Thomas nickte.
„Beim Spielen haben ihn Kinder entdeckt. Und den hatten sie einen halben Meter tief vergraben. Sicher, wir können tiefer graben, aber eine Garantie ist das nicht.“
Langsam ging der Bub in die Knie. „So eine Scheiße,“ jammerte er, „was sollen wir denn jetzt tun?“
Auerbach legte seinem Sohn die Hand auf die Schulter. Ganz ruhig sagte er: „Er muß in den Ofen, Thomas. Es gibt keine andere Lösung.“
„Aber da paßt er nicht rein.“

„Dann hacken wir ihn klein.“
„Das kann ich nicht, Pa. Das kann ich nicht!“
„Mach dir mal keine Sorgen. Darum kümmere ich mich. Du mußt mir nur die Werkstatt aufschließen. Der Ofen ist doch die ganze Nacht an, oder?“
„Ja,“ kam es leise.
„Na also. Du hilfst mir beim Heizen und die Asche und Knochen aus dem Ofen holen. Mehr nicht. Den Rest erledige ich. Der kommt irgendwo in einen Mülleimer. Morgen werden die grauen Tonnen gelehrt.“
Thomas sagte lange nichts. Sein Vater holte den Flachmann aus dem Handschuhfach. „Da, trink einen. Und dann gib mir die Hand drauf. Morgen bist du aus dem ganzen Schlamassel raus. Das versprech ich dir.“
„Ehrlich?“
„Polizistenehrenwort.“
Ein vorsichtiges Lächeln huschte über Thomas’ Gesicht. „Und ich muß nichts mit der Axt machen?“
„Nur aufschließen, heizen und ein bißchen saubermachen.“ Auerbach hielt seinem Sohn die Hand hin. Thomas zögerte einen Augenblick, dann drückte er lasch die feuchte Hand seines Vaters.

15.

Tassilo Trenkler sah zum Himmel und kniff die Augen zusammen, als ihm ein dicker Regentropfen ins Gesicht fiel. „Scheiße," knurrte er. Seine schlechte Laune hatte ihren Tiefpunkt erreicht.

Am frühen Morgen hatte Juliane ihn mit einem fröhlichen „Halali" geweckt. „Jetzt geht es auf die Jagd," hatte sie gesagt und eine Trachtenbluse angezogen. Zuerst verstand er nicht recht. Aber dann war ihm klar geworden, daß sie allen Ernstes vorhatte, Auerbach zu beschatten und ihm die Leiche abzujagen.

Juliane hatte sich auf keine Diskussion eingelassen. „Willst du hier rumhängen und warten, bis sie dich finden? Wir ziehen das durch und dann ist Ruhe." Regelrecht erpreßt hatte sie ihn, fand er. Oder wie sollte man es nennen, daß sie jede Zärtlichkeit verweigerte? „Erst wieder, wenn wir die Sache hinter uns haben."

So waren sie schon am Vormittag nach Todtnau gefahren. Die Lokalzeitungen hatten sie bei einer Tasse Kaffee studiert, aber über einen Toten in Muggenbrunn kein Wort entdeckt. Im Telefonbuch hatte Juliane dann Auerbachs Privatadresse gefunden und sogar noch bei der Polizei angerufen und nach ihm gefragt. Aber Wachtmeister Auerbach war scheinbar nicht im Dienst. „Wir erwischen ihn bei seiner Wohnung," faßte Juliane ihre Nachforschungen zusammen.

Den Nachmittag über hatten sie bei brütender Hitze in dem winzigen Fiat in der Nähe von Auerbachs Haus in der Sonnhalde gewartet. Von Auerbach keine Spur. Während Tassilos Laune von Stunde zu Stunde schlechter wurde, hüpfte Juliane

ganz offensichtlich das Herz im Leibe. Regelrechtes Jagdfieber hatte sie entwickelt. Kein Wunder, daß sie Krimis liebte, dachte Tassilo. Er zog richtige Bücher vor.
Inzwischen war es fast acht Uhr. Hinter den Bergen ging langsam die Sonne unter. Tassilo hatte sein Hemd durchgeschwitzt und die ZEIT von der ersten bis zur letzten Seite gelesen. Und jetzt fing es auch noch an zu regnen. Er klemmte sich wieder neben Juliane auf den Beifahrersitz ihres winzigen Fiat Uno. „Es gibt ein Gewitter," meldete er. Tatsächlich zogen sich über dem Wiesental dunkle Wolken zusammen. In der Ferne hörte man es schon deutlich grollen. „Das hat doch alles keinen Zweck. Laß uns fahren, Juliane."
Sie sah gar nicht erst von ihrem Buch auf. „Nein," sagte sie und las weiter. Tassilo seufzte. Jetzt blieb ihm nur noch das Rätsel im Zeitmagazin. Er kramte einen Stift aus der Ablage und machte sich an die Arbeit. Sitzt darin, trübt den Sinn? Verbergwerkzeug? Solche Fragen gingen ihm mächtig auf den Keks. Als logisch denkender Mensch kam man nie auf die Antwort. „Hör dir das mal an, Juliane: Das Prinzip aller Dinge ist Pünktchen Pünktchen Pünktchen; aus Pünktchen Pünktchen Pünktchen ist alles, und ins Pünktchen Pünktchen Pünktchen kehrt alles zurück."
Draußen begann es jetzt richtig zu regnen. Die Tropfen prasselten auf das dünne Blech des Autos.
„Wasser," sagte Juliane.
„Sehr scharfsinnig," moserte er.
„Die Antwort ist Wasser. Alles ist aus Wasser. Irgend ein Grieche hat das gesagt. Zähl mal die Buchstaben."
Tassilo zählte nach. Tatsächlich. Wasser kam hin. Manchmal war Juliane ihm unheimlich.

Ein Audi fuhr langsam an ihnen vorbei und parkte vor Auerbachs Haus. Tassilo klemmte sich das Magazin vors Gesicht. „Das ist er," preßte er zwischen den Zähnen hervor.
Juliane klappte ihr Buch zu. „Na also, ich hab' dir doch gesagt, er kommt." Sie machte die Scheibenwischer an, um besser zu sehen. Tassilo rutschte fast auf den Boden.
„Der sieht ja zum Piepen aus," feixte sie, „so wie du den geschildert hast, hatte ich eine Art Schwarzenegger erwartet."
„Was hast du erwartet?" kam es von unten.
„Na so einen Barbaren, Conan der Zerstörer und so. Aber das da ist eine Witzfigur mit Wampe und Ernst Huberti-Frisur. Und dann dieser lindgrüne Trainungsanzug." Sie kicherte albern. „Du kannst übrigens wieder hochkommen. Der Löwe ist im Käfig."
Tassilo platzte fast vor Wut. „Verarschen kann ich mich alleine!" Er krabbelte auf seinen Sitz.
„Jetzt komm," Juliane gab ihm einen Kuß, immerhin den ersten des Tages. Das war eindeutig ein Friedensangebot.
„Ich mein nur, man soll niemanden nach seinem Äußeren beurteilen." Tassilo spielte noch ein wenig den Beleidigten.
Juliane strich ihm übers Haar. „Entschuldige, du hast ja recht." Sie küßte ihn wieder.
Eine Weile schwiegen sie beide und sahen in den Regen.
Dann fragte Tassilo: „Und jetzt?"
Juliane lächelte. „Warten wir weiter, Schatz. Und wenn es dunkel ist, gucken wir uns sein Auto genauer an."
Tassilo holte tief Luft, sagte aber kein Wort, um den soeben wieder hergestellten Frieden nicht zu gefährden.
Es dauerte noch zwei Stunden, bis die Sonne endgültig untergegangen war. Dann machte Juliane sich an die Untersu-

chung von Auerbachs Wagen. Während Tassilo im strömenden Regen Schmiere stand, schlich sie um den Audi herum, spähte in die Fenster, rappelte an den Türen und am Kofferraum. Aber alles war verschlossen.

„Wir brauchen Werkzeug,“ beendete Juliane vorerst ihre Bemühungen. „Aber soll ich dir was sagen, aus dem Kofferraum stinkt es. Ein ganz fauliger Geruch kommt da raus.“

Zurück im Fiat untersuchte sie den Inhalt des Erste-Hilfe-Koffers. Mit Verbandsmull, Pflaster und einer Schere ließ sich wenig ausrichten. Tassilo war heilfroh, daß sie keinen Werkzeugkasten dabei hatte. „Laß uns was essen fahren,“ schlug er vor. „Mir hängt der Magen auf den Socken. Außerdem sind wir beide klatschnaß.“

„Wir bleiben hier,“ beschied Juliane. „Ich sage dir, die Leiche ist im Auto, so wie das aus dem Kofferraum riecht. Der kann die unmöglich ewig da drin lassen. Nein, nein, wir warten weiter. Ich hab irgendwo noch einen Schokoriegel.“ Sie wühlte ihn ihrer Handtasche und förderte ein ziemlich ramponiertes *Mars* zutage.

Die nächsten Stunden vergingen wie in Zeitlupe. Schweigend saßen Juliane und Tassilo nebeneinander und lauschten dem Regen, der auf das Autodach trommelte. Blitze zuckten, ein paar Sekunden später donnerte es. Das Gewitter war weit weg.

Tassilo war eingeschlafen. Für einen Augenblick wußte er nicht, wo er war, als Juliane sagte: „Da ist er.“ Dann erinnerte er sich.

Auerbach schloß gerade den Kofferraum seines Audi auf. Er hatte einen länglichen Gegenstand in der Hand.

„Was macht der denn?“ fragte Tassilo.

„Ich glaube, das ist ein Axt,“ sagte Juliane. „Was meinst du, macht der mit einer Axt bei Gewitter um Mitternacht?“
Tassilo zog es vor, nicht genauer darüber nachzudenken. Eiskalt lief es ihm den Rücken runter.
Juliane wartete, bis Auerbachs Wagen um die nächste Ecke verschwunden war. Dann ließ sie den Motor an und fuhr los. Hinter ihnen flammten die Scheinwerfer eines Mercedes auf. Sie achteten nicht darauf.
Die Fahrt führte quer durch Todtnau. In der Nähe eines Freibads hielt Auerbach an. Er ließ den Motor laufen, lief durch den Regen zu einer Haustür und klingelte. Kurz darauf kam ein riesiger Mann in Shorts und T-Shirt aus dem Haus und stieg zu ihm ins Auto. Gemeinsam fuhren sie weiter. Es ging Richtung Muggenbrunn.
In Aftersteg stellte Auerbach den Wagen neben dem Glasbläserhof ab. Juliane fuhr langsam an ihm vorbei, zum Glück war hier eine enge Kurve, so daß ihre Schleichfahrt nicht weiter auffiel. Tassilo war tief in den Sitz gerutscht.
„Hast du gesehen?“ fragte sie aufgeregt, aber Tassilo hatte nicht. „Er hat die Axt aus dem Kofferraum geholt und ihn einfach wieder zugeknallt. Das ist unsere Chance. Wo kann ich hier parken?“
„Ein Stück weiter oben sind Parkplätze, da ist ein Wasserfall.“
Juliane gab Gas und parkte rasant ein. „Los! Komm!“
Tassilo hob hilflos die Hände. Was sollte er schon tun? Er konnte Juliane unmöglich allein gehen lassen. Immerhin hatte es fast aufgehört zu regnen. Zwischen den Wolken tauchte der Mond auf. Gemeinsam rannten sie die steile Straße hinab, zurück zum Glasbläserhof. Der Audi stand noch da.

Juliane machte den Kofferraum auf. Eine Woge fauliger Luft schwappte über ihnen zusammen. Tassilo würgte. Den Geruch kannte er. Im Kofferraum lag etwas in einem schwarzen Plastiksack. Juliane griff zu. „Das ist der Kopf, glaube ich," flüsterte sie. „Los, faß mit an."
Gemeinsam hoben sie den Sack mit der Leiche aus dem Kofferraum und rannten, so gut es ging, die Straße hoch zurück zum Auto.
Plötzlich waren Schritte und Stimmen hinter ihnen. Tassilo drehte sich um.
„Auerbach!" keuchte er.
Juliane erhöhte das Tempo. „In den Wald," stieß sie hervor, „bis wir den im Auto haben ..."
Mehr verstand Tassilo nicht, aber er wußte, was sie meinte und lief weiter, am Auto vorbei den Parkplatz entlang. Am Ende des Parkplatzes machte die Straße eine scharfe Kehre. Auf einem kleinen Platz stand ein Kiosk. Unter einem Tor hindurch führte der Weg in den Wald.
Zwischen den Tannen war es stockfinster. Tassilo sah sich um. Auerbach und sein Gefährte hatten Boden gutgemacht, sie liefen am Kiosk vorbei, dann verschluckte sie der Wald. Mit jedem Meter gewöhnten sich seine Augen an die Dunkelheit. Er konnte jetzt Juliane erkennen, hörte ihren Atem, der stoßweise aber regelmäßig kam. Immerhin war sie Sportlehrerin. Der Plastiksack mit der Leiche zwischen ihnen raschelte. Er drückte ihn fester an sich und versuchte, sich auf den regennassen, glitschigen Weg zu konzentrieren. Seine Lungen schmerzten.
Plötzlich wurde es für ein paar Sekunden etwas heller. Direkt am Weg lag eine Art Grotte, in der ein paar Teelichter eine

Marienfigur befunzelten. In der Ferne rauschte Wasser.
Mit jedem Schritt wurde das Rauschen lauter und die Strecke schlechter. Sie stolperten über eine Wurzel, daß der Sack hinfiel. „Weiter," keuchte sie. Aber bei dem Sturz war der Sack zerrissen und hing irgendwo fest. Er riß die dünne Plastikfolie ab damit der tote Körper frei kam, umklammerte die Hosenbeine der Leiche und lief weiter.
Über den kleinen See, der sich unter dem Wasserfall gebildet hatte, führte eine schmale Holzbrücke. Die Bohlen donnerten unter ihren Schritten. Plötzlich blieb Juliane stehen. „Ins Wasser," inzwischen bekam auch sie kaum noch Luft. Er verstand nicht. „Wirf sie ins Wasser!"
Ohne weiter zu überlegen stemmte er mit ihr die Leiche über das hüfthohe Geländer der Brücke. Platschend schlug der Körper auf. Juliane griff nach seiner Hand. „Da hoch," sie zog in hinter sich her zu einem schmalen Pfad, der undeutlich zwischen den Tannen zu erkennen war, und in engen Windungen am Wasserfall entlang den Hang hinauf führte.
Tassilo hörte wieder die Schritte hinter sich. Auerbach mußte ganz dicht bei ihm sein. Anscheinend hatte auch Juliane die Verfolger bemerkt. Sie legte noch einen Zahn zu. Aber Tassilo konnte nicht mehr. Er war kein Sportlehrer, er gab Deutsch und Geschichte, da stand schneller Dauerlauf nicht auf dem täglichen Stundenplan. Seine Lungen fühlten sich an, als wollten sie platzen. Er schaffte es gerade noch, die letzten Meter den Hang hinauf zu stolpern, der hier so steil war, daß man Stufen in den Fels geschlagen hatte. Auf der kleinen Brücke, die oben über den Wasserfall führte, fiel er der Länge nach hin. Es gelang ihm nicht mehr, sich aufzurappeln. Eduard Auerbach stolperte über ihn und begrub ihn

unter sich. „Juliane!“ wollte er schreien, aber die Luft reichte nur noch zu einem Röcheln.
Auch Auerbach schien am Ende seiner Kräfte. Er lag auf ihm und rührte sich nicht. Tassilo gab sich Mühe, unter dem dicken Körper des Polizisten hervorzukrabbeln, aber ohne Erfolg. Dann tauchte Auerbachs Kumpan auf. „Alles in Ordnung, Pa?“ schnaufte er und hob Auerbach von Tassilo herunter und stellte ihn auf die Beine, als wäre es nichts. Plötzlich war Juliane wieder da. Mit einem spitzen Schrei sprang sie Auerbachs Kumpan an. Sie trat und schlug nach ihm, aber er hielt sie mühelos mit dem ausgestreckten Arm von sich fern, so daß Juliane nur absurd mit Händen und Füßen in der Luft herumruderte.
„Hört auf,“ japste Tassilo.
„Laß sie,“ stimmte Auerbach röchelnd zu.
Eine Weile standen sie alle vier schwer atmend auf der Brücke über dem Wasserfall.
Tassilo stützte sich mit den Armen am Geländer ab. „Jetzt reicht es, Auerbach,“ sagt er.
Auerbach stellte sich neben ihn. „Ja,“ schnaufte er und nickte langsam.
„Tassilo hat nichts mit der Sache zu tun.“ Juliane stellte sich neben ihn und legte den Arm um seine Schulter.
„Aber Pa hat doch in Ihrem Auftrag gehandelt,“ mischte sich Auerbachs Kumpan ein.
„Pa?“ fragte Juliane,
Auerbach nickte. „Mein Sohn Thomas,“ stellte er vor.
„Juliane Schulte-Weber, meine Bekannte,“ erwiderte Tassilo.
Auerbach streckte ihr die Hand hin, aber sie winkte ab. „Was heißt das, Sie haben in Tassilos Auftrag gehandelt?“

„Das ist eine lange Geschichte,“ antwortete Auerbach lasch und immer noch außer Atem.
„Also ich würde sie gern hören,“ sagte eine heisere Stimme aus der Dunkelheit.
Tassilo stellten sich sämtliche Nackenhaare auf. Die Stimme kannte er nur zu gut. Eine Taschenlampe flammte auf. Tassilo drehte sich um. Auch Auerbach und sein Sohn glotzen in die Richtung aus der das Licht kam.
Juliane stieß einen spitzen Schrei aus: „Magnus!“
Das war Dr. Magnus Weber, Tassilos Chef und Julianes Mann. „Herr Dr. Weber,“ stammelte er.
Dr. Weber kam auf die Brücke. Er leuchtete allen einzeln ins Gesicht. „Eine feine Truppe haben wir da,“ sagte er. „Ich wüßte zu gern, was hier eigentlich gespielt wird. Zuerst habe ich gedacht, es handelt sich um einen einfachen Ehebruch, nicht wahr Juliane?“ Er beleuchtete seine Frau. „Aber inzwischen mußte ich feststellen, daß hier auch noch Schnitzeljagd mit einem Toten gespielt wird. Jedenfalls schwimmt da unten eine Leiche im Wasser.“
„Du solltest doch in Bonn sein.“ Juliane hatte sich anscheinend wieder gefangen.
„Bonn?“ fragte Auerbachs Sohn.
„Ja, Bonn,“ antwortete Dr. Weber. Weiter kam er nicht. Thomas hob ihn wie ein Spielzeug auf und hielt ihn mit ausgestreckten Armen in die Höhe.
„Lassen Sie mich sofort runter!“ herrschte Dr. Weber ihn an. Aber Thomas reagierte nicht. „Erst wenn Sie versprechen, daß meinem Pa nichts passiert.“
Juliane reagierte blitzschnell. Sie warf sich auf Thomas und trat ihm gegen das Schienbein. Thomas machte einen Schritt

zur Seite und verlor das Gleichgewicht. Er fiel gegen das Geländer und ließ Dr. Weber los.

Mit einem Schrei stürzte Dr. Weber ins Wasser. Er tauchte noch einmal kurz auf, dann riß ihn die Strömung den Wasserfall hinab, fünfundneunzig Meter in die Tiefe.

Eine Weile sagte keiner ein Wort. Schließlich hob Tassilo die Taschenlampe auf, die Dr. Weber hingefallen war und leuchtete auf das Wasser unter ihnen, das gurgelnd den Hang hinunter stürzte. „Wir müssen ihn suchen," sagte er tonlos.

„Das können Sie vergessen." Auerbachs Stimme klang belegt. „Das geht zu tief runter. Das überlebt keiner."

„Aber das ist mein Mann." Juliane war mit den Nerven am Ende. Tassilo nahm sie in den Arm.

Thomas kratzte sich am Kopf. „Ich versteh das nicht. Er hat doch gesagt, er kommt aus Bonn."

Auerbach scheuerte seinem Sohn eine. „Aber nicht jeder, der aus Bonn kommt, ist auch beim BND, du Idiot."

Tassilo drückte die weinende Juliane an sich. „Was hat denn der BND damit zu tun?"

„Vergessen Sie's." Auerbach winkte ab. „Ich glaube, das Beste ist, Sie verschwinden einfach. Thomas und ich kümmern uns um alles."

„Und wie soll das aussehen?"

Auerbach zuckte mit den Schultern. „Genau weiß ich das auch noch nicht. Aber da liegen zwei Leichen im Wasser, die eine etwas älter und die andere ganz frisch. Für mich sieht das so aus, als hätte da jemand versucht, ein Mord zu vertuschen und die Leiche hier im Wald zu verstecken. Beim Überqueren der Wasserfälle ist er abgestürzt. Immerhin hat es geregnet, das Holz ist glitschig, und mit so einer Leiche auf dem Buckel ..."

„Damit kommen Sie doch nie durch,“ schluchzte Juliane.
„Das lassen Sie meine Sorge sein. Ich bin seit vierzig Jahren Polizist. Ich weiß, was geht in dem Job.“ Auerbach angelte einen Flachmann aus den Untiefen seines Jogginganzugs. „Trinken Sie einen Schluck, und dann hauen Sie ab. Am besten fahren Sie ganz weit weg. Und natürlich waren Sie nie hier, versteht sich.“
Tassilo griff nach der Flasche und nahm einen tiefen Zug. „Ist das wieder dieser Topidingenskirchen?“ Auerbach nickte und Tassilo gab Juliane die Flasche. Sie trank etwas und hustete. „Na also,“ sagte Auerbach, „geht doch. Und jetzt verschwinden Sie. Am besten fahren Sie sofort nach Hause.“
Tassilo gab Auerbach den Flachmann zurück und nahm Juliane wieder fest in den Arm. Dann ging er mit ihr über die Brücke, vorbei an Auerbach und Thomas, der mit hängenden Schultern das Gespräch angehört hatte. Tassilo sah Thomas an. Der Junge hatte Tränen in den Augen.
Er führte Juliane auf den steilen und schmalen Weg, den sie Hand in Hand hochgelaufen waren, und der am Fuß des Wasserfalls endete. Von dort waren es nur ein paar Minuten bis zum Wagen. Juliane weinte leise. Hinter sich hörte er Auerbach sagen: „Meinst du, der Ofen ist noch an?“
Tassilo flüsterte Juliane ein paar Zeilen aus einem Gedicht ins Ohr:
„Sie sagen auch: Über den Wäldern
Drunten im Stein kommt nichts.
Da sind wir die Leute, hinüber-
zugehen ins Gestein gelaßnen Gesichts.“
Den Rest verschluckte die Schwärze des Waldes.